Deseo

Pasión escondida
Sarah M. Anderson

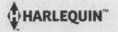

Editado por Harlequin Ibérica.
Una división de HarperCollins Ibérica, S.A.
Núñez de Balboa, 56
28001 Madrid

© 2014 Sarah M. Anderson
© 2017 Harlequin Ibérica, una división de HarperCollins Ibérica, S.A.
Pasión escondida, n.º 142 - 21.6.17
Título original: Not the Boss's Baby
Publicada originalmente por Harlequin Enterprises, Ltd.

I.S.B.N.: 978-84-687-9772-4
Depósito legal: M-9398-2017
Impresión en CPI (Barcelona)
Fecha impresion para Argentina: 18.12.17
Distribuidor exclusivo para España: LOGISTA
Distribuidores para México: CODIPLYRSA y Despacho Flores
Distribuidores para Argentina: Interior, DGP, S.A. Alvarado 2118.
Cap. Fed./Buenos Aires y Gran Buenos Aires, VACCARO HNOS.

Capítulo Uno

—Señorita Chase, ¿podría venir a mi despacho?

Serena se sobresaltó al oír la voz del señor Beaumont desde el interfono de su escritorio. Parpadeó y miró a su alrededor.

¿Cómo se las había arreglado para llegar al trabajo? Se miró el traje que llevaba y que no recordaba haberse puesto y se acarició el pelo. Todo parecía estar en su sitio. Todo parecía estar bien.

Excepto por el hecho de que estaba embarazada.

Estaba segura de que era lunes. Miró la hora en su ordenador. Sí, eran las nueve de la mañana, la hora en la que habitualmente se reunía con Chadwick Beaumont, presidente de la compañía cervecera Beaumont. Hacía siete años que era la secretaría del señor Beaumont, después de haber pasado en la compañía un año en prácticas y otro trabajando en recursos humanos. En ese tiempo, podía contar con los dedos de una mano las veces que se habían saltado las reuniones de los lunes por la mañana. No estaba dispuesta a permitir que un embarazo accidental alterara aquella rutina.

Durante el fin de semana, todo había dado un cambio. Ya sabía que no era cansancio ni estrés. Tampoco que estuviera pillando la gripe. Según sus cuentas, estaba embarazada de dos meses y dos o tres semanas. Lo sabía con seguridad porque esas habían sido las últimas veces que se había acostado con Neil.

Neil. Tenía que hablar con él para decirle que estaba embarazada. Tenía derecho a saberlo, a pesar de que no quería volver a verlo y sentirse rechazada de nuevo. Pero aquello era más importante que sus deseos.

—Señorita Chase, ¿pasa algo?

La voz del señor Beaumont sonó seria, pero no hostil.

—No, señor Beaumont —dijo apretando el botón del interfono—. Es solo un pequeño imprevisto. Enseguida voy.

Estaba en el trabajo y tenía que cumplir con su cometido. Necesitaba aquel empleo más que nunca.

Serena envió un mensaje a Neil diciéndole que tenía que hablar con él. Después, tomó su tableta y abrió la puerta del despacho de Chadwick Beaumont. Chadwick era el cuarto Beaumont que dirigía la cervecera, y su despacho apenas había cambiado desde los años cuarenta, poco después de que tras la derogación de la Ley Seca su bisabuelo John construyera la fábrica. A Serena le agradaba aquella habitación por su opulencia y su historia. Los únicos cambios que evidenciaban la llegada del siglo XXI eran la pantalla plana de televisión y los aparatos electrónicos. Al otro lado del escritorio, casi escondida, había una puerta que daba a un cuarto de baño privado. Serena sabía que Chadwick había instalado una cinta de correr y varias máquinas de hacer ejercicio, además de una ducha, pero nunca en siete años había entrado en la zona privada de Chadwick.

Aquella era el contrapunto de la pobreza que había marcado su infancia. Representaba todo lo que siempre había deseado: protección, estabilidad y seguridad, metas por las que luchar. Trabajando con tenacidad, dedicación y lealtad, ella también disfrutaba de cosas buenas. Quizá no tan buenas como aquellas, pero desde luego que mejores que las casas de acogida y las caravanas desvencijadas en las que había crecido.

Chadwick estaba sentado en su mesa, con la vista fija en el ordenador. Serena sabía que no debía referirse a él por su nombre de pila porque resultaba demasiado familiar. El señor Beaumont era su jefe. Nunca se le había insinuado. Trabajaba incansablemente para él y hacía horas extra siempre que era necesario. Su esfuerzo se veía recompensado. Para una niña acogida al programa de comidas gratuitas en el colegio, conseguir un bono de diez mil dólares y contar con una subida de salario del ocho por ciento anual eran regalos caídos del cielo.

No era ningún secreto que Serena haría cualquier cosa por aquel hombre. Lo que sí era un secreto era lo mucho que lo admiraba por su dedicación a la compañía. Chadwick Beaumont era un hombre muy apuesto, de dos metros de altura, que siempre llevaba su pelo rubio impecablemente cortado. Probablemente sería uno de esos hombres que, como el buen vino, mejoraría con el paso de los años. En ocasiones, Serena se quedaba absorta mirándolo, como si quisiera saborearlo.

Pero aquella admiración la mantenía en secreto. Tenía un trabajo estupendo y no estaba dispuesta a arriesgarlo por algo tan poco profesional como enamorarse de su jefe. Había estado con Neil casi diez años. Chadwick también había estado casado. Trabajaban juntos y su relación era exclusivamente laboral.

No sabía si el hecho de estar embarazada cambiaría las cosas. Si ya antes necesitaba aquel trabajo y el seguro médico que conllevaba, en adelante iba a necesitarlo mucho más.

Como de costumbre, Serena tomó asiento en una de las dos sillas que había ante la mesa de Chadwick y encendió la tableta.

–Buenos días, señor Beaumont.

–Señorita Chase –dijo Chadwick a modo de saludo, y recorrió su rostro con la mirada, antes de volverse al ordenador–. ¿Está bien?

Serena apenas tuvo tiempo de contener la respiración, antes de que Chadwick Beaumont fijara su atención en ella.

No, no se encontraba bien. Así que irguió los hombros y trató de esbozar una amable sonrisa.

–Estoy bien. Ya sabe, es lunes por la mañana.

Chadwick arqueó una ceja, mientras sopesaba su comentario.

–¿Está segura?

No le gustaba mentirle a él ni a nadie. Ya había tenido una buena dosis de mentiras gracias a Neil.

–Se me pasará.

Los ojos castaños de Chadwick permanecieron observándola durante largos segundos.

–Está bien –dijo por fin–. ¿Cómo se presenta la semana, aparte de las consabidas reuniones de siempre?

Como de costumbre, Serena sonrió ante su

pregunta. Era el único comentario jocoso que le conocía.

Chadwick tenía reuniones con los vicepresidentes, almuerzos de trabajo y cosas por el estilo. Era un jefe que se implicaba mucho en la compañía. Serena tenía que asegurarse de que sus reuniones habituales no coincidieran con otros asuntos que surgieran.

—El martes a las diez tiene una reunión con los abogados para intentar llegar a un acuerdo. He pasado su reunión con Matthew a la tarde.

Serena tuvo la delicadeza de no mencionar que aquellos abogados eran los que llevaban su divorcio y que el acuerdo era con la que pronto sería su exexposa, Helen. El divorcio duraba ya muchos meses, más de trece según sus cálculos. Pero no conocía los detalles. ¿Quién sabía lo que pasaba en una familia de puertas para adentro? Lo que sí sabía era que todo aquel proceso estaba acabando con él.

Chadwick dejó caer los hombros y suspiró.

—Como si esta reunión fuera a ser diferente de las cinco últimas —comentó y, rápidamente, añadió—: ¿Qué más?

Serena carraspeó. Aquella era toda la información personal que intercambiaban.

—El miércoles a la una es la reunión del consejo de administración en el hotel Mónaco —dijo—, para estudiar la oferta de AllBev. La reunión de la tarde con los directores de producción ha sido cancelada. En su lugar, todos mandarán un informe.

AllBev era un conglomerado internacional especializado en fabricar cerveza. Habían comprado compañías en Inglaterra, Sudáfrica y Australia, y ahora habían puesto los ojos en Beaumont. Eran conocidos por apartar a los directivos, colocar a su propio ejército de directores y obtener el último céntimo de beneficios a costa de los trabajadores.

Chadwick gruñó y se recostó en su asiento.

–¿Es esta semana?

–Sí, señor.

Chadwick le lanzó una mirada significativa al oír aquel «señor» y Serena rápidamente se corrigió.

–Sí, señor Beaumont. Se cambió para ajustarla a la agenda del señor Harper.

Además de ser el propietario de uno de los mayores bancos de Colorado, Leon Harper era también uno de los miembros del consejo que más insistía en aceptar la oferta de AllBev.

Si Chadwick aceptaba o se imponía la decisión del consejo, se quedaría sin trabajo. Probablemente, la dirección de AllBev no querría mantener en su puesto a la secretaria personal del anterior presidente de la compañía. La invitarían a marcharse con una caja llena con sus pertenencias como único recuerdo de sus nueve años en la empresa. Y si no estuviera embarazada, no le costaría encontrar otro trabajo. Chadwick le podría facilitar una carta de recomendación. Era buena en su trabajo.

No quería volver a la vida que había tenido antes de empezar a trabajar en Beaumont. Volver a sentir que no tenía el control de su vida, que la gente volviera a tratarla como a un parásito. No quería criar a un hijo como se había criado ella, alimentándose gracias a la caridad o a lo que su madre encontraba en la basura a su vuelta de su turno en la cafetería, o sintiéndose inferior al resto de los niños del colegio sin saber muy bien por qué.

No, aquello no iba a ocurrir. Tenía suficiente para vivir dos años, incluso más si se mudaba a un apartamento más pequeño y cambiaba de coche. Chadwick no vendería el negocio familiar. Protegería la compañía y la protegería a ella.

—Harper, ese viejo zorro —murmuró Chadwick, devolviendo a Serena al presente—. Todavía no ha enterrado el hacha con mi padre. No parece entender que el pasado, pasado está.

Era la primera vez que Serena oía hablar de aquello.

—¿Se la tiene jurada?

Chadwick agitó la mano en el aire, quitándole importancia a su comentario.

—Todavía busca vengarse de Hardwick por acostarse con su mujer dos días después de que volvieran de su luna de miel, según cuentan las malas lenguas —dijo, y volvió a mirarla de nuevo—. ¿Está segura de que está bien? Está muy pálida.

—Yo… —comenzó, y decidió agarrarse a un clavo ardiendo—. Nunca antes había escuchado esa historia.

—Hardwick Beaumont era, en sus mejores tiempos, un fanático del sexo, tramposo y mentiroso —recitó Chadwick del tirón como si lo llevara grabado en su memoria—. Estoy convencido de que lo que ocurrió es lo que cuentan o algo muy parecido. Pero han pasado más de cuarenta años y Hardwick lleva muerto diez. Harper…

Suspiró y se quedó mirando por la ventana. A lo

lejos, las Montañas Rocosas destacaban bajo la luz del sol primaveral. La nieve coronaba las montañas, pero no había llegado hasta Denver.

–Me gustaría que Harper se diera cuenta de que no soy Hardwick.

–Sé que usted no es así.

Sus miradas se cruzaron. Había algo diferente en sus ojos, algo que Serena no supo reconocer.

–¿De veras lo piensa?

Estaba adentrándose en territorio peligroso.

Lo cierto era que no lo sabía. No tenía ni idea de si el motivo por el que se estaba divorciando era por haber engañado a su esposa. Lo único que sabía era que nunca había flirteado con ella y que la trataba con respecto.

–Sí –contestó sintiéndose segura–, lo pienso.

Un amago de sonrisa asomó a sus labios.

–Siempre he admirado eso de usted, Serena. Es capaz de ver lo mejor de cada persona.

Sintió que se ruborizaba, aunque no estaba segura de si era por el cumplido o por la forma en que había pronunciado su nombre. Normalmente se refería a ella como señorita Chase.

Necesitaba cambiar de tema cuanto antes.

–El sábado a las nueve tiene la gala benéfica en el Museo de Arte de Denver.

Aquello no sirvió para borrar la medio sonrisa de su cara y la miró, arqueando una ceja. De repente, Chadwick no parecía tan cansado. Se le veía muy guapo. Bueno, siempre estaba muy guapo, pero en aquel momento su atractivo no se ocultaba bajo sus responsabilidades o preocupaciones.

Serena sintió que le ardía el rostro. No lograba

entender por qué un simple cumplido había sido suficiente para que los latidos del corazón se le aceleraran. Ah, sí, el embarazo. Quizá fueran las hormonas.

—¿Para qué era, para un banco de alimentos?

—Sí, el banco de alimentos de Rocky Mountain. Es la obra benéfica elegida este año.

Cada año, la cervecera Beaumont daba una gran fiesta dedicada a alguna organización benéfica de la zona. Uno de los cometidos de Serena era gestionar el montón de solicitudes que llegaban cada año. Bajo el patrocinio de la cervecera, se llegaban a obtener treinta y cinco millones de dólares en donaciones, y por eso elegían una obra benéfica diferente cada año. La mayoría de las organizaciones sin ánimo de lucro podía operar con esa cantidad durante un período de cinco a diez años.

—Su hermano Matthew ha organizado este acto. Es fundamental para recaudar fondos para el banco de alimentos y su asistencia sería recomendable.

Chadwick nunca se había perdido una gala. Sabía que aquello tenía tanto que ver con promocionar la cervecera Beaumont como la organización benéfica.

—¿La ha elegido usted, verdad? —preguntó sin dejar de mirarla.

Ella tragó saliva. Era como si supiera que el banco de alimentos había jugado un papel importante en la supervivencia de su familia, que se hubieran muerto de hambre si no hubiera sido por las raciones de comida caliente que recibían cada semana.

—En teoría, elijo todas las obras de caridad. Es parte de mi trabajo.

–Lo hace bien –dijo, y antes de que Serena pudiera asumir aquel segundo cumplido, añadió–: ¿La acompañará Neil?

–Eh…

Solía ir a aquellos acontecimientos con Neil. A él le gustaba ir para codearse con gente influyente, mientras que lo que a Serena le gustaba era ponerse un elegante vestido y beber champán, cosas que nunca habría imaginado de niña.

Pero todo había cambiado, y mucho. De repente, sintió un nudo en la garganta.

–No, él… –balbuceó, tratando de contener las lágrimas–. Hace unos meses, decidimos de mutuo acuerdo poner fin a nuestra relación.

Chadwick arqueó exageradamente las cejas.

–¿Varios meses? ¿Por qué no me lo ha contado antes?

–Señor Beaumont, nunca hemos hablado de nuestras vidas personales –afirmó con rotundidad, quebrándosele ligeramente la voz al final de la frase–. No quería que pensase que no me las podía arreglar sola.

Era su empleada más competente, fiable y leal. Si le hubiera contado que Neil se había marchado después de que le preguntara por teléfono y le pidiera que dieran un paso más en su relación casándose y teniendo hijos, no habría dado la impresión de ser muy competente.

Chadwick le dirigió una mirada que ya conocía, la misma que ponía cuando rechazaba la oferta de un proveedor. Era una expresión mezcla de recelo y desdén. Tenía la fuerza suficiente para conseguir una nueva oferta con mejores condiciones.

Nunca la había mirado de aquella manera. Casi resultaba aterradora. ¿No la despediría por ocultarle su vida personal, no? De repente, se inclinó hacia delante, apoyó los codos en la mesa y su expresión se dulcificó.

–Si esto ocurrió hace unos meses, ¿qué ha pasado este fin de semana?

–¿Cómo dice?

–Este fin de semana. Es evidente que está disgustada, aunque tengo que reconocer que lo disimula muy bien. ¿Acaso… acaso le ha hecho algo este fin de semana? –preguntó entornando los ojos.

–No, no es eso.

Neil era un idiota mentiroso alérgico al compromiso, pero no podía dejar que Chadwick creyera que la había pegado. No quería dar detalles. Le costaba tragar saliva y parpadeaba con más frecuencia de la habitual. Si permanecía más tiempo allí sentada, acabaría llorando y viniéndose abajo. Así que hizo lo único que podía hacer: se levantó y, con toda la calma posible, salió del despacho. O, al menos, eso intentó. Acababa de tomar el pomo de la puerta cuando Chadwick habló.

–Serena, espere.

No se atrevía a darse la vuelta y mirarlo a la cara. No quería volver a encontrarse con aquella expresión de desprecio o con algo peor. Así que cerró los ojos, por lo que no vio cómo se levantaba de su asiento, rodeaba la mesa y se acercaba a ella. Lo que sí oyó fue el crujido de la silla al ponerse de pie y los pasos sobre la alfombra oriental. Luego, sintió su calor por la espalda al quedarse junto a ella mucho más cerca de lo habitual.

Le puso una mano en el hombro y la hizo volverse. No le quedó más opción que obedecer. Evitó mirarlo, pero él la tomó de la barbilla y la obligó a hacerlo.

–Serena, míreme.

Se sonrojó al sentir su caricia. Sí, eso era lo que estaba haciendo, mover sus dedos pulgar e índice sobre su barbilla a modo de caricia.

Abrió los ojos y se encontró su rostro a un palmo del suyo. Nunca habían estado tan cerca. Podía besarla si quería y no haría nada para detenerlo.

Pero no lo hizo. Teniéndolo tan cerca podía ver que el color de sus ojos era una mezcla de verde y marrón, con manchas doradas. Al mirarlo a los ojos, parte del pánico que sentía se desvaneció. No estaba enamorada de su jefe, no. Nunca lo había estado y no iba a estarlo ahora por muchos cumplidos que le dijera o caricias que le hiciera. Eso no iba a pasar.

Chadwick se chupó los labios mientras la observaba. Quizá estaba tan nervioso como ella. Estaban a muy poco de cruzar la línea que siempre habían mantenido.

–Serena –dijo en un tono de voz que nunca le había oído antes–. Sea cual sea el problema, puede confiar en mí. Si la está molestando, haré lo que sea necesario. Si necesita ayuda o…

Serena vio cómo su nuez se movía al tragar saliva. Luego, volvió a acariciarle la barbilla, haciéndola estremecerse.

–Si necesita algo, cuente con ello –concluyó.

Tenía que decir algo que sonara coherente, pero era incapaz de apartar la vista de sus labios.

¿A qué sabrían? ¿Estaría dispuesto a dejar que fuera ella la que llevara la iniciativa o la besaría como si llevara siete años deseando hacerlo?

–¿Qué quiere decir?

No sabía qué quería que le dijera. Debería ser una muestra de preocupación por parte de un jefe hacia un empleado leal, pero no lo parecía. ¿Acaso le estaba tirando los tejos después de tanto tiempo solo porque Neil era un idiota? ¿O porque era evidente que estaba atravesando un momento vulnerable y no pasaba nada más interesante?

La distancia que los separaba parecía haberse reducido, como si él se hubiera echado hacia delante sin que ella se hubiese dado cuenta. O quizá había sido ella la que se había aproximado.

«Va a besarme. Va a besarme y lo estoy deseando. Siempre he querido que lo hiciera».

No lo hizo. Simplemente volvió a acariciarle la barbilla como si estuviera memorizando cada uno de sus rasgos. Deseaba alargar los brazos, hundir los dedos en su pelo y atraerlo hacia su boca. Quería saborear aquellos labios y sentir algo más que aquella caricia.

–Serena, usted es mi mejor empleada, siempre lo ha sido. Quiero que sepa que, pase lo que pase en el consejo de administración, cuidaré de usted. No permitiré que salga de este edificio con las manos vacías. Su lealtad será recompensada. No le fallaré.

Todo el aire que había estado conteniendo, escapó suavemente en forma de suspiro.

Era lo que necesitaba oír. Todo su esfuerzo había valido la pena. Ya no tenía sentido su temor a vivir de la caridad o a declararse en bancarrota o a hacer fila ante un comedor social.

De repente, recuperó el sentido común. Había llegado la hora de mostrarle su agradecimiento.

—Gracias, señor Beaumont.

Algo en su sonrisa cambió, haciéndole parecer más perverso.

—Prefiero que me llames Chadwick. Señor Beaumont me recuerda a mi padre.

Al decir aquello, volvió a aparecer en su rostro el gesto de cansancio. Bruscamente apartó la mano de su barbilla y dio un paso atrás.

—Así que los abogados el martes, el consejo de administración el miércoles y la gala benéfica el sábado, ¿no?

Serena asintió con la cabeza. De vuelta a la normalidad.

—Sí.

Respiró hondo. Se sentía más tranquila.

—Te recogeré.

Fin de la tranquilidad.

—¿Perdón?

De nuevo, aquel aire de perversión volvía a adivinarse en su sonrisa.

—Voy a ir a la gala benéfica y tú también. Tiene sentido que vayamos juntos. Te recogeré a las siete.

—Pero la gala no empieza hasta las nueve.

—Iremos a cenar. Considéralo la manera de celebrar la elección de la obra benéfica de este año.

En otras palabras, no debía tomárselo como una cita, aunque fuera eso precisamente lo que parecía.

—Sí, señor Bea... —comenzó y, al encontrarse

con su mirada, rápidamente se corrigió–. Sí, Chad-wick.

Él esbozó una franca sonrisa que le quitó quince años de encima.

–Ahí está, no es tan difícil, ¿no? –dijo y se volvió hacia su mesa, poniendo fin al momento que acababan de compartir–. Bob Larsen vendrá a las diez. Avísame cuando llegue.

–Por supuesto.

No se atrevía a pronunciar su nombre de nuevo. Su cabeza estaba demasiado ocupada dando vueltas a lo que acababa de suceder.

Estaba a punto de salir por la puerta cuando la llamó.

–Serena, lo que necesites. Lo digo en serio.

–Sí, Chadwick.

Y con esas, cerró la puerta.

Capítulo Dos

Aquel era el momento en el que Chadwick revisaba cada mañana los datos de marketing. Había designado a Bob Larsen vicepresidente de marketing, quien había contribuido a aumentar el prestigio de la marca. Aunque Bob rondaba los cincuenta años, sus amplios conocimientos en Internet y en las redes sociales habían servido para introducir el siglo XXI en la cervecera. La cervecera Beaumont estaba en Facebook y en Twitter, y no siguiendo las tendencias, sino liderándolas. Chadwick no sabía muy bien para qué servía SnappShot, aparte de para hacer fotos rayadas o granuladas, pero Bob lo había convencido de que era la plataforma adecuada para lanzar su nueva línea de cervezas según la estación.

–Tenemos que dirigirnos a todos esos amantes de la comida que se dedican a hacer fotos de lo que comen –le había dicho la semana anterior.

Sí, eso era en lo que Chadwick debería estar pensando. Pero ¿por qué estaba allí sentado, pensando en su secretaria?

No había dejado de dar vueltas a sus palabras ni a su aspecto cansado de aquella mañana. Parecía haber pasado el fin de semana llorando. No había contestado a su pregunta. Si aquel desgraciado hacía meses que había desaparecido de su vida, según ella de mutuo acuerdo, ¿qué había pasado durante el fin de semana?

La idea de que Neil Moore, jugador de golf profesional, le hubiera hecho daño a Serena le enfurecía. Nunca le había gustado Neil. Le parecía una sanguijuela que no estaba a la altura de Serena Chase. Chadwick siempre había pensado que se merecía a alguien mejor, alguien que no la dejara sola en una fiesta para ir a conocer a alguna estrella de la televisión, como le había visto hacer en al menos tres ocasiones.

Chadwick nunca había hecho nada inapropiado hacia Serena, pero se había dado cuenta de que otros hombres la habían intentado abordar en el antiguo despacho de Hardwick Beaumont solo porque era mujer. Chadwick no había vuelto a hacer negocios con aquellos hombres. Su padre, Hardwick, había sido un canalla tramposo y mentiroso, pero Chadwick no era así, y Serena lo sabía. Se lo había dicho ella misma.

Esa debía de ser la causa de que Chadwick hubiera perdido la cabeza y hubiera hecho algo que no había hecho en ocho años: tocar a Serena, ponerle la mano en el hombro y acariciarle la barbilla…

Durante unos segundos, había hecho algo que llevaba años deseando: interactuar con Serena en un plano que no tenía nada que ver con el laboral. Y durante aquel instante, había sido maravilloso sentir sus ojos marrones mirándolo. Había visto cómo sus pupilas se dilataban en respuesta a sus caricias, reflejo del deseo que él mismo sentía.

Algunos días tenía la sensación de que no conseguía hacer todo lo que quería. Chadwick era el responsable de la familia. Él era quien dirigía la compañía, resolvía los embrollos y pagaba las facturas de todos los miembros de la familia, mientras que los demás vivían desenfrenadamente, gastando dinero a espuertas y saltando de cama en cama.

Justo ese fin de semana, su hermano Phillip había comprado un caballo por un millón de dólares. ¿Y qué hacía su hermano pequeño para ganarse la vida? Iba a las fiestas patrocinadas por la compañía a beber cerveza Beaumont. Esa era toda la implicación de Phillip con la empresa. Phillip siempre hacía lo que quería sin preocuparse por cómo afectarían sus actos a otras personas o a la cervecera.

Chadwick no. Había nacido para dirigir la compañía y no, no era ninguna broma. Hardwick Beaumont había convocado una rueda de prensa en el hospital para presentar al recién nacido Chadwick como el futuro de la cervecera Beaumont. Chadwick conservaba los periódicos como prueba.

Había hecho un buen trabajo, tanto, que la compañía se había convertido en el objetivo de multinacionales a las que no les importaba el negocio de la cerveza ni el nombre de Beaumont. Solo buscaban incrementar los beneficios de sus compañías con los buenos resultados de Beaumont.

Solo por una vez había hecho lo que había querido, no lo que su padre, los inversores o Wall Street esperaban; simplemente lo que él había querido. Serena estaba triste y había intentado reconfortarla. Lo había hecho de corazón.

Pero entonces, se había acordado de su padre. No quería seducir a su secretaria y parecerse a

Hardwick, así que se había contenido. Chadwick Beaumont era un hombre responsable, centrado y resuelto, que no se dejaba llevar por su instinto animal. En eso, era mejor que su padre.

Chadwick había sido fiel mientras había estado casado. Serena había tenido una relación con Neil, aunque no sabía muy bien si había sido su marido, su novio, su pareja o como quiera que la gente lo llamara. Además, trabajaba para él, y eso siempre lo había reprimido, porque no quería ser como su padre.

Todos aquellos pensamientos no justificaban por qué Chadwick no dejaba de acariciar el botón del interfono, dispuesto a pedirle a Serena que regresara a su despacho y le contara qué había pasado durante el fin de semana. Casi deseaba que se viniera abajo y se echara a llorar solo por poder abrazarla.

Chadwick se obligó a fijar de nuevo la vista en la pantalla y revisó las últimas cifras. Bob le había mandado el domingo por la noche el informe en un correo electrónico. Odiaba perder el tiempo con explicaciones que no necesitaba. No era ningún idiota. Solo porque no entendiera por qué a la gente le gustaba hacerse fotos cenando para colgarlas en Internet no significaba que no pudiera darse cuenta del cambio de hábitos de los usuarios, tal y como Bob había pronosticado.

Las cifras habían mejorado, pensó mientras revisaba los números. El trabajo le venía bien, le mantenía concentrado. Había hecho bien diciéndole a Serena que iba a llevarla a la gala. No dejaba de ser parte del trabajo. Ya antes habían acudido a otras cenas y galas. ¿Qué más daba si llegaban juntos o no? Era un acto relacionado con los negocios, nada personal.

Aunque en el fondo, sabía que era personal. ¿Recogerla en su coche y llevarla a cenar? Eso no formaba parte del trabajo. Aunque charlaran sobre asuntos de trabajo, no sería lo mismo que ir a cenar con, por ejemplo, Bob Larsen. Para aquellos actos, Serena solía llevar un vestido negro de seda con una pequeña cola y un colgante en forma de corazón. A Chadwick no le importaba que fuera siempre el mismo atuendo. Estaba fabulosa con él, y con el chal de *pashmina* con el que se envolvía los hombros desnudos, las perlas del cuello y la melena morena recogida en un moño.

No, no sería una cena de trabajo.

Decidió que no insistiría. Era lo único que podía prometerse a sí mismo. Él no era como su padre, quien no tenía escrúpulos para acostarse con sus secretarias. No quería obligar a Serena a hacer algo de lo que cualquiera de los dos pudiera arrepentirse. La llevaría a cenar y después a la gala, y no haría otra cosa que disfrutar de su compañía. Eso sería todo. Se contendría. Después de todo, tenía años de práctica.

Por suerte, el interfono sonó y la voz tranquila de Serena le avisó de que Bob había llegado.

–Que pase –contestó, agradecido de poder distraerse de sus pensamientos.

Tenía que luchar por mantener su compañía. Sabía que la reunión del consejo de administración del miércoles no sería fácil. Corría el peligro de convertirse en el Beaumont que perdiera la cervecera, de fracasar en lo único para lo que le habían educado.

No podía perder el tiempo distrayéndose con Serena Chase.

El resto del lunes pasó sin respuesta de Neil. El martes empezó de la misma manera. Tuvo su reunión diaria con Chadwick en la que, aparte de que le preguntara si estaba bien, no pasó nada extraordinario. No hubo miradas furtivas, ni roces. Chadwick volvía a comportarse como de costumbre, así que Serena trató de actuar con normalidad.

Quizá se lo había imaginado todo. Podía ser por culpa de las hormonas. Tal vez Chadwick había abandonado su rol por un instante. Después de todo, era ella la que estaba disgustada y podía haber malinterpretado sus intenciones.

Lo que la deprimía más de lo que cabía esperar. Tampoco buscaba que Chadwick la sedujera. Tener una aventura en el trabajo iba en contra de las normas de la compañía. Lo sabía porque nada más contratarla, había ayudado a Chadwick a redactar esas normas. Cuando las cosas se complicaban, las aventuras entre jefes y subordinados daban lugar a demandas por acoso.

Pero eso no justificaba por qué al verlo salir del despacho para reunirse con los abogados que llevaban la batalla de su divorcio deseara que todo aquel proceso hubiera llegado a su final. Pero solo porque estaba acabando con él.

Suspiró. Si ni siquiera ella misma era capaz de creerse eso, ¿a quién pretendía engañar?

Se concentró en los detalles de última hora de la gala. Cuando volviera a su despacho, Chadwick se reuniría con su hermano Matthew, teóricamente a cargo de la organización del acontecimiento. Claro que un acto para las quinientas personas más ricas de Denver necesitaba que todos arrimaran el hombro.

La lista era larga y requería de toda su atención. Llamó a proveedores, comprobó envíos y revisó la lista de invitados.

Comió sin levantarse de su mesa mientras repasaba los contactos con la prensa. Ese era el aspecto fundamental de por qué las organizaciones benéficas competían por ser patrocinadas por Beaumont. Muy pocas de esas organizaciones contaban con un presupuesto para publicidad. Gracias a la cervecera Beaumont aparecían en primer plano debido a la cobertura de los medios, a las entrevistas e incluso a algún *blogger*.

Acababa de limpiar su mesa tras comerse un yogur cuando Chadwick regresó. Tenía mal aspecto, con la mirada gacha, las manos metidas en los bolsillos y los hombros hundidos. No necesitaba preguntarle cómo le había ido la reunión para saber que no había sido como esperaba.

Chadwick se detuvo ante la mesa de Serena. Le hizo falta un gran esfuerzo para levantar la cabeza y mirarla a los ojos. Parecía perdido, y Serena ahogó una exclamación al ver su expresión. Sus ojos estaban enrojecidos, como si llevara días sin dormir.

Deseó acercarse a él, rodearlo con los brazos y decirle que todo saldría bien. Intentar consolarlo podía suponer traspasar la línea que habían cruzado el lunes.

Chadwick asintió ligeramente con la cabeza, como si estuviera de acuerdo en que no debían cruzar esa línea de nuevo. Luego, bajó la mirada.

–No me pases llamadas –murmuró, y se fue a su despacho.

Parecía derrotado. Verlo así resultaba desconcertante. Chadwick Beaumont no estaba acostumbrado a perder en los negocios. Siempre conseguía todo lo que quería, y nunca abandonaba una reunión o una conferencia de prensa como si hubiera perdido no solo una batalla sino una guerra.

Permaneció inmóvil en su mesa un momento, demasiado aturdida para hacer nada. ¿Qué había pasado? ¿Qué demonios le había dejado tan afectado?

Quizá fueran las hormonas o su lealtad como empleada. Quizá fuera debido a otra cosa. Fuera lo que fuese, de repente se levantó y se dirigió hacia el despacho de Chadwick y entró sin llamar.

Chadwick estaba sentado a su mesa. Tenía la cabeza entre las manos y se había quitado la chaqueta. Parecía haber encogido.

Después de que Serena cerrara la puerta, Chadwick comenzó a hablar sin levantar la cabeza.

–No quiere firmar, quiere más dinero. El resto de los cabos están atados, pero quiere una pensión mayor.

–¿Cuánto quiere?

A pesar de que no era asunto suyo, Serena no pudo evitar preguntar.

–Doscientos cincuenta.

–¿Doscientos cincuenta?

–Mil, doscientos cincuenta mil.

–¿Al año?

–Al mes. Quiere tres millones al año durante el resto de su vida. Es eso o no firmará.

–¡Pero eso es una locura! Nadie necesita tanto dinero para vivir.

Sin querer, no pudo evitar subir la voz al pronunciar aquellas palabras. ¿Tres millones de dólares al año de por vida? Serena no ganaría en toda su vida esa cantidad de dinero.

Chadwick levantó la cabeza, con una sonrisa malvada en los labios.

–No es por el dinero. Lo único que busca es arruinarme. Si pudiera pagar esa cantidad, me pediría el doble, o el triple si con eso pensase que me habría daño.

–¿Pero por qué?

–No lo sé. Nunca la he engañado ni la he hecho nada que pudiera herirla. Siempre he intentado…

Su voz se quebró al hundir el rostro entre las manos.

–¿No puedes ofrecerle algo a lo que no pueda resistirse?

Serena se lo había visto hacer en otras situaciones, como con aquella fábrica que vendía cervezas a precios inferiores a las suyas. Chadwick había mantenido negociaciones durante casi una semana, agotando la paciencia de sus oponentes. Luego, había regresado con una oferta tan abultada que ninguna persona en su sano juicio habría rechazado, por mucho que le preocupara su cerveza. Al fin y al cabo, todo el mundo tenía un precio.

–No tengo cientos de millones. Todo está invertido, hay casas, caballos…

–Pero… ¿Tenías un acuerdo prenupcial, no?

–Por supuesto que tenía un acuerdo prenupcial –respondió–. Mi padre se casó y se divorció cuatro veces antes de morir. Para mí, era impensable no tener un acuerdo prematrimonial.

–Entonces, ¿cómo puede hacerlo?

–Porque fui un estúpido y pensé que estaba enamorado. Pensé que debía demostrarle que confiaba en ella, que no era como mi padre. Ella tiene derecho a quedarse con la mitad de lo que he ganado mientras hemos estado casados, unos veintiocho millones. No puede tocar la fortuna familiar ni ninguna de las propiedades. Pero…

Serena sintió que se le helaba la sangre.

–¿Veintiocho millones?

–Mis abogados incluyeron una cláusula limitando la pensión y el tiempo durante el cual la recibiría. Cincuenta mil al mes por cada año de duración del matrimonio. Y les dije que lo quitaran porque no hacía falta. Vaya idiota.

Serena hizo un cálculo rápido. Chadwick se había casado al cumplirse su primer año trabajando en la cervecera Beaumont. La boda había sido un gran acontecimiento y la cervecera había incluso lanzado una edición limitada de sus cervezas para conmemorar la ocasión.

De eso hacía poco más de ocho años. Cincuenta mil multiplicado por doce meses por ocho años daba cuatro millones ochocientos mil. Al parecer esa cantidad, sumada a otros veintiocho millones, no era suficiente.

–¿No hay nada que puedas hacer?

–Le he ofrecido ciento cincuenta mil al mes durante veinte años. Pero se rio. ¡Se rio!

Serena reconoció una nota de desesperación en su voz.

Tenía que haber una manera para aplacar a la ex de Chadwick, pero Serena no sabía cuál era. No sabía qué pensar de alguien a quien no le eran suficientes treinta y dos millones ochocientos mil dólares.

Pero sí comprendía lo que era quedarse mirando una factura que nunca podría pagarse, por muchas horas que su madre trabajara como camarera en una cafetería o por muchos turnos que su padre hiciera como conserje. Ni siquiera cuando sus padres se declararon en bancarrota había desaparecido aquella sensación. Adoraba a sus padres, pero la desesperación por no tener nunca suficiente…

No era así como quería vivir. No se lo deseaba a nadie y menos aún a Chadwick.

Sin pensarlo, se puso en marcha. La alfombra amortiguó sus pasos. Sabía que sería un tópico, pero lo único que se le ocurría decirle era eso de que mañana sería otro día. No vaciló al llegar al escritorio. En todo el tiempo que llevaba trabajando allí, nunca antes había cruzado al otro lado de la mesa.

En aquel momento sí lo hizo. Quizá fueran las hormonas, o la manera en que Chadwick le había hablado el día anterior, prometiéndole que cuidaría de ella. Al acercarse, advirtió la tensión que evidenciaba su espalda. El día anterior, ella era la que había estado disgustada y él la había acariciado.

En aquel momento, los papeles habían cambiado. Puso una mano en su hombro y, bajo la camisa, sintió el calor de su cuerpo. Eso fue todo. No trató de que se volviera como él había hecho. Simplemente quería que supiera que estaba allí.

Chadwick le tomó la mano. El día anterior había sido él el que había llevado el control de la situación, pero en aquel momento Serena sintió que estaban en igualdad de condiciones. Entrelazó los dedos con los suyos y eso fue todo. No podía hacerle las mismas promesas que él le había hecho. No podía cuidar de él cuando ni siquiera sabía cómo cuidaría de su bebé. Pero podía hacerle entender que podía contar con ella si la necesitaba, aunque decidió no pensar qué podía significar eso.

–Serena –dijo Chadwick con voz ronca, mientras se aferraba a su mano.

Ella tragó saliva y antes de que pudiera contestar, sonaron unos golpes en la puerta y Matthew Beaumont, el vicepresidente de relaciones públicas de la cervecera Beaumont, apareció. Se parecía un poco a su hermano en la nariz y en la constitución, pero mientras Chadwick y Phillip eran rubios, Matthew era más castaño.

Serena intentó soltar su mano, pero Chadwick se lo impidió. Era como si quisiera que Matthew los viera de la mano. Y a Matthew no se le escapaba nada.

–¿Interrumpo algo? –preguntó Matthew, mirando alternativamente los rostros de Chadwick y Serena y sus manos entrelazadas.

Claro que Serena prefería a Matthew antes que a Phillip Beaumont. Phillip era un playboy profesional que hacía ostentación de su riqueza y se pasaba el día de fiesta. Por lo que sabía, Phillip era la clase de hombre que no se detendría con una simple caricia como la del día anterior. Y con lo atractivo que era, insinuaciones no le faltarían.

Matthew era completamente diferente a sus dos hermanos. Serena estaba convencida de que sería porque su madre era la segunda esposa de Hardwick. Matthew siempre se esforzaba en su trabajo, como si quisiera demostrar que su sitio estaba allí en la cervecera. Pero lo hacía sin la intimidación de la que hacía gala Chadwick.

Chadwick le soltó la mano después de un rápido apretón y ella se apartó.

–No –respondió Chadwick–. Ya hemos terminado.

Por alguna razón inexplicable, aquellas palabras le dolieron, aunque no supo por qué. No tenía motivos para defender aquella situación ante su hermanastro, ni para justificar una relación que no era más que la de un jefe y una empleada de confianza.

Serena asintió ligeramente con la cabeza y salió del despacho.

Los minutos pasaron. Chadwick sabía que Matthew estaba sentado al otro lado de la mesa, a la espera de algo, pero todavía no estaba preparado para nada.

Helen estaba decidida a arruinarlo. Si supiera por qué, trataría de hacer algo para solucionarlo. Pero ¿acaso no había sido así su matrimonio? En ocasiones se mostraba molesta y él, sin saber el motivo, se esforzaba en reconfortarla y le compraba diamantes. Estaba convencido de que así se arreglarían las cosas.

Pero no había sido así y se sentía como un estúpido.

Recordó la conversación con Serena. Apenas había hablado de su divorcio con nadie, aparte de contarles a sus hermanos que era un problema que le estaba llevando tiempo solucionar. No sabía por qué le había dicho a Serena que era culpa suya que las negociaciones hubieran llegado a ese punto.

Lo único que sabía era que tenía que contárselo a alguien. Toda aquella situación era un problema que él había creado y resultaba una carga difícil de soportar.

Y ella lo había tocado, aunque no como él la había acariciado. El caso era que nunca le había rozado, a excepción de algún esporádico apretón de manos.

¿Cuándo había sido la última vez que una mujer lo había rozado, aparte de algún apretón de manos en reuniones de trabajo? Hacía casi dos años que Helen había dejado el dormitorio conyugal.

Matthew carraspeó, lo que obligó a Chadwick a alzar la mirada.

–¿Sí?

–Si te parecieras a nuestro padre –dijo Matthew–, pensaría que ya estás buscando una segunda esposa.

Chadwick se quedó mirando a su hermano. Phillip, el hermano pequeño de Chadwick, era seis meses mayor que Matthew. Pasaron unos años más antes de que el matrimonio de Hardwick y Eliza hiciera aguas y Hardwick se casara con Jeannie, la madre de Matthew. Cuando la madre de Chadwick supo de Jeannie, el final fue cuestión de poco tiempo.

Matthew era la prueba viviente de que Hardwick Beaumont ya había seducido a la que sería su segunda esposa antes de dejar a la primera.

–Todavía no me he deshecho de la primera.

Chadwick no pudo evitar estremecerse al oírse pronunciar aquellas palabras, que podían haber sido pronunciadas por su padre. Odiaba parecerse a su padre.

–Eso demuestra que no eres como nuestro padre –replicó Matthew esbozando la misma sonrisa de todos los hermanos Beaumont, herencia de su padre–. A Hardwick le habría dado lo mismo. El matrimonio no significaba nada para él.

Chadwick asintió. Matthew había dicho la verdad y debería sentirse reconfortado, pero no fue así.

–Parece que Helen no te lo está poniendo fácil, ¿no?

Chadwick odió a su hermanastro en aquel instante. Su hermano Phillip, la única persona que sabía lo que era tener a Hardwick y a Eliza Beaumont como padres, tampoco lo habría entendido. Lo cierto era que no se sentía cómodo allí sentado frente a la prueba viviente de la traición de su padre hacia su esposa y su familia.

Era una lástima que Matthew tuviera tan buena cabeza para las relaciones públicas. Cualquier otro familiar haría tiempo que habría sido despedido, y Chadwick no se habría visto obligado a soportar a diario el recuerdo de los defectos de su padre como hombre y esposo.

–Dale más dinero –dijo Matthew tranquilamente.

–No quiere dinero, lo que quiere es hacerme daño.

Definitivamente le pasaba algo. ¿Desde cuándo le contaba sus trapos sucios a alguien, incluyendo a su secretaria y a su hermanastro?

Sus asuntos personales eran eso, personales.

El rostro de Matthew se ensombreció.

–Todo el mundo tiene un precio, Chadwick –dijo, y bajando la voz, añadió–: Incluso tú.

Sabía a qué se refería. Toda la compañía estaba a la expectativa de la oferta de compra de AllBev.

–No voy a vender nuestra compañía mañana.

Matthew se quedó mirándolo fijamente sin inmutarse. Ni siquiera parpadeó.

–Ya sabes que no eres el único que tiene un precio. Todos los miembros del consejo lo tienen, y probablemente bastante inferior al tuyo –dijo Matthew, y bajó la vista a su tableta antes de continuar–. Cualquier otro ya habría cerrado un acuerdo. No acabo de entender por qué siempre te has empeñado en proteger el apellido de la familia.

–Porque, a diferencia de otras personas, es el único apellido que he tenido.

El rostro de Matthew se ensombreció, lo que hizo a Chadwick sentirse como un canalla. Recordó el divorcio de sus padres, a Hardwick casándose con Jeannie Billings y el día en que Matthew, de la misma edad que Phillip, se había ido a vivir con ellos. Había sido Matthew Billings hasta los cinco años. Después, se había convertido en Matthew Beaumont.

Chadwick lo había torturado sin piedad. Matthew era el motivo por el que Eliza y Hardwick se habían separado. Era culpa suya que su madre se hubiera ido, que Hardwick se hubiera quedado con la custodia de Chadwick y Phillip y que de repente su padre hubiera dejado de dedicarles tiempo a ellos, salvo para regañarlos por no hacer las cosas bien.

Pero aquello eran excusas infantiles y lo sabía. Por aquel entonces, Matthew era tan solo un niño, al igual que Chadwick y Phillip. Chadwick, único culpable de que Eliza lo odiara, había acabado odiando a los hijos que su padre había tenido con ella.

–Yo… Eso no viene al caso.

Después de toda una vida culpando a Matthew, le resultaba imposible disculparse con él, así que decidió cambiar de tema.

–¿Todo listo para la gala?

Matthew le dirigió una mirada que no supo cómo interpretar. Era como si Matthew lo estuviera retando a un duelo de honor, justo allí en el despacho.

Pero el momento pasó.

–Estamos listos. Como de costumbre, la señorita Chase ha demostrado que vale su peso en oro.

Mientras Matthew seguía hablando, aquellas palabras resonaron en su cabeza.

Todo el mundo tenía un precio y lo sabía.

Incluso Helen Beaumont o Serena Chase.

Pero no sabía cuál era ese precio.

Capítulo Tres

–La cervecera Beaumont lleva ciento treinta años bajo la dirección de un Beaumont –tronó Chadwick, dando un puñetazo en la mesa.

Serena se sobresaltó al oír el golpe. Chadwick no solía exaltarse en las reuniones.

–La marca Beaumont está valorada en más de cincuenta y dos dólares la acción –continuó Chadwick–. Es una de las pocas cerveceras familiares que quedan en el país. Tenemos el honor de formar parte de la historia de los Estados Unidos. Nuestra cerveza es el resultado de mucho esfuerzo.

Mientras Serena tomaba notas, se hizo una incómoda pausa. Claro que había un secretario del consejo, pero a Chadwick le gustaba tener una versión propia con la que contrastar las actas de las reuniones.

Serena levantó la vista desde el extremo del salón del hotel en el que estaba sentada. La familia Beaumont era propietaria del cincuenta y uno por ciento de la cervecera. Habían dirigido con mano firme el negocio desde siempre, evitando toda clase de fusiones y adquisiciones. Aunque era Chadwick quien estaba al mando. El resto de los Beaumont se dedicaban a recibir cheques al igual que el resto de accionistas.

No se le pasaba por alto que algunos estaban

atentos a lo que Chadwick decía, asintiendo con la cabeza o haciendo comentarios a la persona que tenían al lado. No estaban todos los accionistas en la reunión, tan solo unos veinte. Algunos venían de la época de Hardwick, elegidos a dedo. Apenas tenían poder más allá de su voto, pero eran completamente leales a la compañía.

Esas eran las personas que en aquel momento estaban asintiendo, aquellas que tenían un interés personal en la participación de la compañía en la historia del país.

Había algunos miembros, más jóvenes, que habían sido incluidos para equilibrar el consejo con la vieja guardia de la era de Hardwick. Chadwick había elegido a algunos de ellos, pero no eran los leales empleados con los que trabajaba codo con codo cada día.

También había miembros traídos por otros miembros. Aquellos, como Harper y sus dos protegidos, no tenían ningún interés en la cerveza Beaumont y no hacían nada por ocultarlo.

Fue Harper quien rompió el silencio.

—Extraño, señor Beaumont. Según mi versión del sueño americano, el esfuerzo es recompensado con dinero. La compra lo convertirá en multimillonario. ¿No es ese el sueño americano?

Algunas cabezas, especialmente las de los más jóvenes, asintieron.

Serena vio cómo Chadwick luchaba por contenerse. Resultaba doloroso. Normalmente estaba por encima aquello, llegando a ser intimidante. Pero después de la semana que había tenido, no podía culparlo por parecer a punto de estrangular a Harper, quien poseía el diez por ciento de la compañía.

–La cervecera Beaumont satisface mis necesidades –dijo con voz firme–. Es mi deber hacia la compañía y los empleados…

En aquel punto, alzó la mirada y se encontró con la de Serena, estableciéndose una corriente entre ellos.

Se estaba refiriendo a ella.

–Es mi deber que las personas que escogieron trabajar en la cervecera Beaumont también alcancen el sueño americano. Algunos directivos podrán vender sus acciones. Recibirán un par de miles, no lo suficiente para retirarse. ¿Pero el resto, los hombres y las mujeres que hacen que esta compañía funcione? Ellos no. AllBev se hará con el mando, los despedirá a todos y la historia de la que estamos tan orgullosos quedará reducida a una simple marca. No importa cómo lo vea, señor Harper, ese no es el sueño americano. Yo me preocupo de aquellos que trabajan para mí. Valoro la lealtad y no me olvido de ella cuando me interesa. No puedo vender a expensas de aquellos que están dispuestos a brindarme su tiempo y su esfuerzo, y no espero menos de este consejo.

Bruscamente se sentó con la cabeza alta y los hombros erguidos. Su imagen no era la de un hombre derrotado. En todo caso, parecía un hombre dispuesto a enfrentarse a todo, a pelear a muerte por su negocio.

Se desencadenó una discusión en la sala. La vieja guardia discutiendo con los miembros más jóvenes, y ambas secciones con la facción de Harper. Después de quince minutos, Harper propuso llevar a cabo la votación.

Por un momento, Serena pensó que Chadwick había ganado. Solo cuatro personas votaron a favor de aceptar la oferta de AllBev de pagar cincuenta y dos dólares por acción. Una clara victoria. Serena respiró aliviada. Al menos, algo salía bien aquella semana. Su puesto de trabajo estaba a salvo, lo que significaba que su futuro estaba a salvo. Seguiría trabajando para Chadwick. Todo continuaría como hasta entonces.

Pero de repente, Harper propuso una segunda votación.

–¿Cuál debería ser nuestra contraoferta? Creo que el señor Beaumont dijo que sesenta y dos dólares la acción no era suficiente. ¿Votamos por sesenta y cinco?

Trece votaron la contraoferta por sesenta y cinco dólares. Chadwick tenía el aspecto de alguien que hubiese recibido una puñalada en el estómago. Resultaba doloroso verlo tan solitario. Estaba ante otra batalla perdida, después de la que libraba con Helen.

Se sintió mareada. Estaba segura de que no tenía nada que ver con las náuseas. Confiaba en que AllBev no estuviera interesada en pagar tanto por la cervecera y buscaran otro objetivo más barato.

Todo lo que Chadwick había dicho acerca de velar por sus empleados, de ayudarlos a todos y no solo a los privilegiados a alcanzar el sueño americano, era la razón por la que trabajaba para él. Le había dado la oportunidad de salir de la pobreza y, gracias a él, tendría la oportunidad de criar a su bebé en mejores circunstancias que las que ella había conocido.

Pero podía quedarse sin todo aquello solo porque el señor Harper estaba desenterrando un hacha de guerra de más de cuarenta años.

No era justo. No sabía cuándo había empezado a pensar que la vida era justa, pero desde luego que no había sido durante su infancia. Las normas en la cervecera Beaumont habían sido más que justas. Trabajar duro, ser ascendida y conseguir beneficios. Trabajar duro, lograr un aumento de sueldo, salir de un cubículo y tener su propio despacho. Trabajar todavía más duro y conseguir un bono mejor. Ir a galas y empezar a soñar con un plan de jubilación.

Empezaba a sentirse segura, pero todo aquello estaba en venta por sesenta y cinco dólares la acción.

La reunión se levantó y cada uno se fue con su respectiva camarilla. Algunos de los más mayores se acercaron a Chadwick para ofrecerle su apoyo o sus condolencias.

Chadwick se levantó y, con la mirada fija al frente, salió de la sala. Rápidamente, Serena recogió sus cosas y salió tras él. Estaba tan abstraído que no quería que la dejara atrás.

Pero no tenía de qué preocuparse. Lo encontró junto a las puertas que daban a la sala, sin dejar de mirar al frente.

Tenía que sacarlo de allí. Si iba a sufrir un momento como el del día anterior, cuando había perdido el autocontrol, de ninguna manera podía ser en el vestíbulo de un hotel.

Así que le tocó en el brazo.

–Voy a llamar al coche.

–Sí, hazlo por favor.

Entonces, bajó la cabeza y la miró. Se le veía tan triste que se le saltaron las lágrimas.

–Lo he intentado, Serena. Por ti –añadió.

¿Cómo? Había pensado que estaba intentando salvar el negocio familiar, el nombre de su familia. ¿Qué quería decir con eso de que lo había intentado por ella?

–Lo sé –dijo ella, sin saber muy bien qué decir–. Iré a por el coche. Quédate aquí.

El chófer se había quedado dentro del coche. El aparcacoches solo tenía que ir a buscarlo. Durante los minutos que tardó, los miembros del consejo fueron abandonando el hotel. Algunos se dirigieron a un restaurante que había un poco más arriba de la calle, probablemente para celebrar el avance que los haría ricos. Unos pocos se despidieron de Chadwick estrechándole la mano. Nadie pareció advertir lo afectado que se había quedado. Nadie, salvo ella.

Por fin, después de lo que pareció una eternidad, el coche llegó. No era un coche propiamente dicho. Era un Cadillac en versión limusina. Era impresionante, sin resultar ostentoso. Como Chadwick.

El portero les abrió la puerta. Abstraído, Chadwick sacó un billete de la cartera y se lo dio antes de subirse al coche.

Después de cerrar la puerta, se hizo un frío silencio. No era solo la seguridad de Serena lo que estaba en juego.

¿Cómo reconfortar a un multimillonario a punto de convertirse en un billonario? Una vez más, se sintió en un mundo aparte. Permaneció callada y con la vista fija en el paisaje de Denver. El trayecto hasta la cervecera, al sur de la ciudad, les llevaría unos treinta minutos si no encontraban tráfico.

Cuando llegara a la oficina, actualizaría su currículum. Si Chadwick perdía la compañía, no esperaría a que la nueva dirección la despidiera. No podía quedarse sin seguro médico, Chadwick lo entendería.

–¿Qué quieres? –preguntó Chadwick, haciéndola sobresaltarse.

–¿Perdón?

–¿De la vida? –dijo él sin dejar de mirar por su ventanilla–. ¿Es así como pensabas que sería tu vida? ¿Estás haciendo lo que quieres?

–Sí.

Más o menos. Se había imaginado que para entonces, ya estaría casada con Neil e incluso tendrían varios hijos. No se había imaginado fundando una familia soltera y embarazada.

Pero respecto al trabajo, sí estaba haciendo lo que quería. Se las estaba arreglando para salir adelante ella sola, o al menos así había sido hasta ahora. Eso era lo más importante.

–¿De veras?

–Trabajar para ti me ha dado mucha… estabilidad. Eso no es algo que tuviera en mi infancia.

–¿Tus padres también se divorciaron?

Ella tragó saliva.

–No, lo cierto es que estaban locamente enamorados. Pero el amor no sirve para pagar la renta ni

41

para traer comida a la mesa. Tampoco para pagar las facturas de los médicos.

–No tenía ni idea –replicó él volviendo rápidamente la cabeza de la ventanilla.

–No suelo hablar de ello.

Neil sí lo sabía. Cuando se conocieron, tenía dos empleos para pagarse la universidad. Le había venido muy bien irse a vivir con él. Él se había ocupado de pagar la renta el primer año mientras ella hacía prácticas en Beaumont. Pero en cuanto había podido contribuir, lo había hecho. Se las había visto y deseado para llegar a fin de mes, y con el tiempo había conseguido empezar a ahorrar.

Quizá había insistido demasiado. Se había esforzado tanto en contribuir lo mismo, en que el dinero no fuera fuente de conflictos, que se había olvidado de que una relación era más que una cuenta bancaria. Después de todo, sus padres se tenían el uno al otro. Eran un desastre con el dinero, pero se amaban intensamente.

Durante una temporada, había amado a Neil con la misma pasión que había visto en ellos. Pero en algún momento, aquellos sentimientos habían dado paso a una obsesión por equilibrar los ingresos. Como si el amor pudiera medirse en dólares y céntimos.

Chadwick se quedó mirándola como si fuera la primera vez que la veía y no le gustó. Aunque parecía haberse olvidado de la posible compra de la compañía, no quería ver lástima en sus ojos. Odiaba la compasión.

Así que decidió reconducir la conversación.

–¿Qué me dices de ti?

–¿De mí? –preguntó confundido.

–¿Siempre quisiste dirigir la cervecera?

La pregunta funcionó. Chadwick pareció olvidarse de ella y de su triste pasado, pero por la expresión de su rostro, no parecía haberle traído buenas sensaciones.

–Nunca tuve otra opción.

Su comentario sonó frío, incluso distante.

–¿Nunca?

–No –contestó, y volvió la vista hacia la ventanilla.

Serena se dio cuenta de que no era solo de su infancia de lo que no habían hablado.

–¿Qué te habría gustado hacer si hubieras tenido la oportunidad?

Quizá, después de todo, tendría ocasión de dedicarse a ello tras la siguiente ronda de negociaciones.

La miró con una nueva luz en los ojos. Solo había visto aquella mirada el lunes, cuando la había tomado de la barbilla. Aunque ni siquiera en ese momento le había parecido tan ardiente. Sintió que se le erizaba el vello de la nuca.

¿Se acercaría para volver a acariciarla? ¿La besaría? ¿Haría algo más que eso?

Y ella, ¿lo dejaría?

–Me gustaría…

Sus palabras se desvanecieron junto a su oído, a la vez que sentía el roce de su barba incipiente en la mejilla.

–Me gustaría tener algo propio, no de la familia ni de la compañía –continuó–. Algo solo mío.

Serena tragó saliva. El modo en que dijo aquellas palabras no dejaba lugar a dudas de qué podía ser ese algo.

Él era su jefe, ella su secretaría, y no podía olvidar que seguía casado. Pero nada de eso parecía ser un problema en aquel momento. Estaban solos en la parte trasera de una limusina. El conductor ni siquiera podía verlos con la mampara divisoria. Nadie los interrumpiría, nadie los detendría.

«Estoy embarazada».

Aquellas palabras surgieron en su cabeza y a punto estuvo de pronunciarlas en voz alta. Ese detalle cortaría de raíz aquella atracción que ambos sentían. Estaba esperando un hijo de otro hombre y, debido a las hormonas y al peso que estaba ganando, no se sentía deseable.

Chadwick se sentía obligado a cuidar de sus empleados. ¿Cómo reaccionaría cuando se enterara de su embarazo? Todas esas promesas de premiar su lealtad y cuidar de ella, ¿estarían aumentando la carga que era capaz de soportar?

No. Había trabajado mucho para cuidarse ella sola. Se había quedado embarazada inesperadamente, así que debía arreglárselas para salir adelante. No se lanzaría a los brazos de su jefe con la única esperanza de que, de alguna manera, la sacara del aprieto en el que se encontraba. Sabía de primera mano que esperar que alguien resolviera sus problemas suponía quedarse esperando.

Ella sola se había metido en la situación en la que estaba, así que tenía que arreglárselas sola. Incluso a la hora de tratar con Chadwick.

Así que carraspeó y trató de que su voz sonara firme y despreocupada.

–Quizá encuentres algo que no tenga que ver con cerveza.

Él parpadeó antes de asentir.

–Me gusta la cerveza –replicó, volviendo a mirar por la ventanilla–. Cuando tenía diecinueve años, trabajé con los maestros de la elaboración. Aprendí a hacer cerveza, no solo a pensar en las unidades que se vendían. Fue divertido, como si fuera un experimento químico. Con tan solo variar un componente, cambiaba la fermentación. Para aquellos tipos, la cerveza era algo vivo: la levadura, los azúcares… Era un arte a la vez que una ciencia –dijo, y sonrió–. Fue un buen año. Me dio lástima dejarlos.

–¿Qué quieres decir?

–Mi padre me obligó a trabajar un año en cada departamento desde los dieciséis. Además de mis estudios, tenía que dedicar veinte horas a la semana a trabajar en la fábrica.

–Eso es mucho trabajo para un adolescente.

Ella también había tenido un trabajo con dieciséis años, empaquetando las compras en un supermercado, pero había sido por una cuestión de supervivencia. Su familia necesitaba de su sueldo. Gracias a ella, habían tenido un techo sobre sus cabezas e incluso había podido llevar algo de comida. Todavía se sentía satisfecha de haber conseguido ambas cosas.

La sonrisa de Chadwick se tornó más cínica.

–Aprendí a dirigir una compañía. Eso era lo que mi padre quería. Como ya he dicho, no tuve más opciones.

Era lo que su padre había querido, pero no lo que Chadwick quería.

El coche aminoró la marcha y giró. Serena miró por la ventanilla. Estaban cerca de la oficina. Se estaba quedando sin tiempo.

–Si tuvieras la posibilidad, ¿qué te gustaría hacer?

Era un atrevimiento volver a preguntarle. Nunca lo había hecho antes.

Pero algo había cambiado. Su relación había dejado de ser estrictamente laboral. No había cruzado la línea, pero la forma en que la había acariciado el lunes, la manera en que ella lo había tocado...

Sí, algo había cambiado. Quizá todo.

Su mirada volvió a posarse en ella. No era la misma mirada de cuando repasaban la agenda, ni la que le había dirigido el día anterior. Era mucho más parecida a la que le había dedicado el lunes cuando se había acercado a ella y la había hecho desear sentir su boca junto a la suya.

La comisura de sus labios se curvó.

–¿Qué te vas a poner el sábado?

–¿Qué?

–Para la gala. ¿Qué te vas a poner, el vestido negro?

Serena se quedó mirándolo fijamente. ¿De veras quería hablar de su vestuario?

–Eh, no, creo que...

Ya no le servía. Se lo había probado el lunes por la noche, más por distraerse y no estar pendiente de la respuesta de Neil a su correo electrónico. La cremallera del vestido no le había subido. Su cuerpo ya estaba cambiando. ¿Cómo no se había dado cuenta antes de hacerse la prueba de embarazo?

46

–Buscaré algo apropiado que ponerme –concluyó.

Se detuvieron ante la entrada del edificio de oficinas. Los terrenos de la cervecera Beaumont ocupaban seis hectáreas y la mayoría de los edificios databan de la época de la Gran Depresión.

Aquella sensación de permanencia siempre le había agradado a Serena. Sus padres se habían mudado con frecuencia, a fin de ir un paso por delante de sus acreedores. En una ocasión, Serena les había conseguido un lugar agradable para vivir con una renta razonable. Había dado la señal y la fianza, y se había comprometido a aportarles una ayuda cada mes. Pero ellos habían fallado una vez más. En vez de contárselo y darle la oportunidad de poner lo que faltaba, habían hecho lo mismo de siempre: recoger en mitad de la noche sus cosas y salir huyendo. No sabían vivir de otra manera.

Los Beaumont llevaban allí más de un siglo. ¿Cómo sería la sensación de recorrer pabellones construidos por un abuelo y trabajar en edificios construidos por un bisabuelo?

El conductor les abrió la puerta. Serena fue a salir, pero Chadwick le hizo una señal para que se quedara sentada.

–Tómate la tarde libre y vete a Neiman Marcus. Allí tengo un asistente personal para hacer las compras. Él te ayudará a encontrar un vestido adecuado.

– ¿Acaso no te parece adecuado el vestido negro?

–Al contrario, creo que va a ser difícil encontrar un vestido que te siente tan bien. Por eso quiero que Mario te ayude. Si hay alguien capaz de encontrar un vestido mejor, ese es él.

Serena tragó saliva. No estaba acorralada contra la puerta y tampoco estaba tan cerca como para rozarla. ¿Por qué entonces se sentía como el lunes por la mañana? Excepto porque entonces, había estado a punto de llorar. Esa vez era diferente. No quería que la emoción echara a perder el día. Malditas hormonas.

Así que sonrió.

—Me temo que no es posible. A pesar del generoso salario que me pagas, Neiman se sale de mi presupuesto.

Chadwick se inclinó hacia delante, acortando la distancia que había entre ellos.

—Vamos a ir a una fiesta de trabajo. Comprar un vestido para la ocasión es un gasto relacionado con el trabajo, así que yo me haré cargo del coste.

Serena abrió la boca para protestar, pero él la cortó, agitando su mano en el aire.

—No es negociable —añadió.

Luego, moviéndose con gran agilidad, salió del vehículo y cerró la puerta del coche antes de que Serena pudiera seguirlo.

—Llévela a Neiman —oyó que le decía al conductor.

No, no y no. Aquello no estaba bien. Aquello estaba mal por varios motivos. Chadwick le había dado acciones de la compañía por la buena labor que había desempeñado en uno de los proyectos. Comprarle un vestido le parecía algo muy personal. La ropa se la compraba ella con su propio dinero.

Abrió la puerta, dándole sin querer un golpe al

conductor en la cadera, y se bajó del coche. Chadwick estaba unos pasos más adelante.

–Señor –dijo, poniendo intención en aquella palabra.

Él se quedó inmóvil, a punto de subir un escalón.

–Declino la oferta. Yo misma me pagaré el vestido.

Chadwick se volvió para mirarla y bajó los escalones. Parecía un felino a punto de caer sobre su presa.

Caminó hasta ella y se quedó lo suficientemente cerca como para volver a acariciarle la barbilla, e incluso para besarla allí mismo, a plena luz del día y delante del conductor.

–Fue usted quien hizo la pregunta, señorita Chase –dijo con voz ronca, muy diferente a su habitual tono de trabajo–. ¿O me equivoco?

–No he pedido ningún vestido.

Nunca antes había visto aquella sonrisa pícara en su rostro.

–Me has preguntado qué quería. Bueno, esto es lo que quiero. Quiero llevarte a cenar y que me acompañes a esta gala. Y quiero que te sientas lo más guapa posible.

Serena contuvo el aliento.

La mirada de Chadwick bajó hasta sus labios antes de volver a fijarse en sus ojos.

–Porque con el vestido negro, ¿te veías bien, verdad?

–Sí.

No entendía qué estaba pasando. Si quería comprarle un vestido, ¿por qué estaba hablando de cómo se sentía ella? Si iba a comprarle un vestido y la estaba mirando con aquel deseo en los ojos, ¿no debería estar diciéndole que pensaba que era guapa? Si iba a seducirla, porque eso era lo que estaba haciendo, seducirla de alguna manera, ¿por qué no le decía que estaba guapa, que siempre había pensado que era guapa?

—Es un acto relacionado con el trabajo y, por tanto, un gasto de trabajo, fin de la discusión.

—Pero no quiero abusar…

Algo en él pareció quebrarse. Entonces la tocó, pero no con la cautela con la que la había rozado el lunes ni con la avidez con la que había entrelazado los dedos con los suyos el día anterior.

La tomó del brazo y la sujetó con fuerza. Luego la llevó hasta el coche, abrió la puerta y la obligó a meterse dentro.

Antes de que Serena fuera consciente de lo que estaba pasando, Chadwick se sentó a su lado.

—Llévenos a Neiman —le ordenó al conductor, y cerró la puerta.

Capítulo Cuatro

¿Qué le pasaba a aquella mujer?

Chadwick no dejó de hacerse esa pregunta durante el trayecto al centro comercial Cherry Creek en el que estaba Neiman Marcus. Había llamado de antemano para asegurarse de que Mario estuviera allí.

Las mujeres que conocía se pirraban por los regalos. Daba igual lo que se les comprara, siempre y cuando fuera caro. A Helen había estado comprándole ropa y joyas todo el tiempo. A ella le encantaba y no había dejado de presumir orgullosa de cada nuevo collar o vestido que le había regalado ante sus amigas.

Claro que eso ya formaba parte del pasado. En la actualidad, aquella mujer estaba intentando quitarle todo lo que tenía.

¿A qué mujer no le gustaba un regalo?

A Serena Case. Claro que tampoco conocía a ninguna mujer como ella.

–Esto es ridículo –murmuró ella.

Estaban sentados al lado uno del otro en el asiento posterior de la limusina, en vez de frente a frente como solían hacerlo. Serena se había apartado un poco, pero aun así, alcanzaba a tocarla si quería.

¿Acaso quería hacerlo?

Era una pregunta estúpida. Por supuesto que quería hacerlo. ¿No era por eso por lo que estaban allí? Estaba haciendo algo que quería, independientemente de cuáles fueran las consecuencias.

—¿Qué es ridículo? —preguntó, consciente de que en cualquier momento podía llevarse una bofetada.

Después de todo, la había obligado a meterse en el coche con él. Podía repetir que aquel gasto estaba relacionado con el trabajo hasta quedarse sin voz, pero eso no lo convertía en una realidad.

—Esto. Tú. Es miércoles por la tarde, por el amor de Dios. Tenemos cosas que hacer. Lo sé muy bien porque llevo tu agenda.

—Son las cuatro y cuarto, apenas queda tarde.

Serena le dedicó una mirada significativa.

—Esta tarde tienes tu reunión semanal de recursos humanos con Sue Colman. Y yo tengo que ayudar a Matthew con la gala.

Chadwick sacó su teléfono y tocó la pantalla.

—Hola, Sue, soy Chadwick. Tenemos que posponer nuestra reunión de esta tarde.

Serena le dirigió una mirada reprobadora que solo sirvió para que sintiera ganas de reírse. ¿Cancelar una reunión en un abrir y cerrar los ojos solo porque sí? Empezaba a pensar que se estaba divirtiendo.

—¿Ha durado mucho la reunión del consejo? —preguntó Sue.

—Sí, así es.

Era la excusa perfecta, aunque cabía la posibilidad de que alguien los hubiera visto regresar a la fábrica e irse inmediatamente.

–Puede esperar. Ya nos veremos la semana que viene.

–Gracias –dijo a modo de despedida, y volvió a tocar la pantalla–. ¿Matthew?

–¿Todo bien?

–Sí, pero Serena y yo hemos salido tarde del consejo. ¿Puedes arreglártelas esta tarde sin ella?

Al otro lado de la línea se hizo un silencio que le hizo moverse incómodo en su asiento.

–Supongo que podré arreglármelas sin la señorita Chase –replicó Matthew con una nota de sarcasmo en su voz–. ¿Puedes tú?

El día anterior le había dicho que si fuera como su padre, ya estaría buscando a su siguiente esposa.

Pero no era así. Chadwick no era Hardwick. Si lo fuera, ya habría saltado sobre Serena allí mismo, en el asiento trasero de la limusina, para quitarle el vestido y deleitarse con su cuerpo.

¿Acaso lo estaba haciendo? No. ¿Lo había hecho alguna vez? No. Siempre era un perfecto caballero. Hardwick habría aprovechado todo aquel asunto del vestido para un rápido escarceo. Su recompensa sería verla glamurosa, y no dejaba de repetírselo.

–Hablaremos mañana –dijo, y colgó antes de que Matthew hiciera algún otro comentario–. Ya está –añadió guardándose el teléfono en el bolsillo–. No queda nada en la agenda. Tenemos el resto de la tarde libre.

Ella lo miró, pero no dijo nada.

Tardaron otros quince minutos en llegar al centro comercial. Mario estaba esperándolos en la acera. El coche no se había detenido por completo cuando les abrió la puerta.

–¡Señor Beaumont! Qué placer volver a verlo. Justamente le estaba diciendo a su hermano Phillip que hacía mucho que no tenía el gusto de disfrutar de su compañía.

–Hola, Mario –dijo Chadwick evitando poner los ojos en blanco ante los comentarios aduladores de aquel hombre menudo.

Mario tenía lo que algunos llamarían un aspecto extravagante. Llevaba un traje entallado, los ojos pintados y un pronunciado tupé. Pero, al parecer, también tenía buen ojo para la moda, algo para lo que Chadwick no tenía tiempo ni ganas. Prefería dejar que fuera Mario quien le escogiera la ropa.

Y ahora, también para Serena. Chadwick se volvió y le tendió la mano. Al ver que dudaba, la miró arqueando una ceja. Entonces, ella le tomó de la mano, sin entrelazar los dedos.

–Mario, te presento a la señorita Serena Chase.

–Es todo un placer –dijo Mario con exagerada efusión–, por favor, adelante.

Mario les sujetó las puertas. Nada más entrar, Serena apretó la mano a Chadwick. Él la miró y se sorprendió al ver una expresión de horror en su rostro.

–¿Estás bien?

–Sí –se apresuró a contestar.

–¿Pero…?

–Nunca antes había estado en esta tienda –dijo mirando a su alrededor–. Es muy diferente de donde suelo comprar.

–Ya –replicó sin saber qué otra cosa decir.

¿Y si no fuera por orgullo por lo que había rechazado su oferta? ¿Y si había otra razón?

Mario se volvió hacia ellos y dio una palmada.

–Díganme, por favor, en qué puedo ayudarles.

Su mirada fue a posarse en las manos entrelazadas de Chadwick y Serena, pero no dijo nada.

Chadwick se volvió hacia Serena.

–Tenemos una fiesta el sábado y la señorita Chase necesita un vestido.

Mario asintió.

–Por supuesto, la gala benéfica del Museo de Arte. ¿Un traje clásico o algo atrevido? Con su figura, puede permitirse lo que quiera.

Los dedos de Serena se aferraron a los de Chadwick antes de apartar la mano.

–Clásico –respondió ella.

–Vamos al probador –dijo Mario–. Por aquí, por favor.

Subieron por una escalera mecánica y Mario aprovechó para comentarle a Chadwick que le tenía reservado un traje perfecto para él.

–Hoy no –le dijo Chadwick–. Hoy hemos venido a por un vestido.

–Desde luego. Por aquí, por favor.

Mario los condujo hasta una zona privada de vestidores, con un probador al fondo, una zona de estar y un estrado rodeado de espejos.

–¿Champán?

–Sí.

–No –respondió Serena con brusquedad.

Al principio, Chadwick pensó que estaba siendo cabezota otra vez, pero enseguida reparó en que se había sonrojado. Serena bajó la mirada y se llevó una mano al estómago como si estuviera nerviosa.

–Vaya –dijo Mario dando un paso atrás para observarla mejor–. Mis disculpas, señorita Chase, no me había dado cuenta de que estaba embarazada. Le traeré un zumo de frutas o algo sin alcohol –y girándose hacia Chadwick, añadió–: Enhorabuena, señor Beaumont.

Chadwick abrió la boca para decir algo, pero se había quedado sin palabras. Miró a Serena, que parecía a punto de desmayarse. Ni siquiera se molestó en rectificar a Mario y decirle que se equivocaba, que no estaba embarazada.

–Gracias –murmuró, y se dejó caer en el sofá.

–Mi asistente les traerá las bebidas mientras yo voy a buscar unas cuantas cosas para que la señorita Chase se las pruebe.

Si se había dado cuenta de que el ambiente en la sala se había vuelto tenso, no dio muestras de ello. Más bien, todo lo contrario. Con una inclinación de cabeza, cerró la puerta después de salir, dejando a Chadwick y a Serena en completo silencio.

–¿Eso que acaba de decir…?

–Sí –contestó ella con voz grave.

Su respiración se volvió entrecortada.

–Así que estás…

–Sí.

Serena se inclinó hacia delante como si quisiera desaparecer de aquella habitación.

O tal vez estuviera a punto de vomitar y simplemente quería colocar la cabeza entre las rodillas.

–Y te has enterado este fin de semana. Por eso estabas tan alicaída el lunes.

–Sí.

Aquella parecía la única palabra que era capaz de pronunciar.

–¿Por qué no me lo has dicho?

–Señor Beaumont, nunca hablamos de nuestras vidas personales en la oficina.

Aunque no era el monosílabo, el tono con que dijo aquella frase no pareció calmarlo.

–¿Tampoco ibas a contármelo cuando se empezara a notar o cuando tuvieras que tomar la baja por maternidad? –dijo, y al ver que no obtenía respuesta, continuó, aún más enfadado–. ¿Lo sabe Neil?

Chadwick temía lo que pudiera responder. Tal vez Neil no fuera el padre. Quizá estuviera saliendo con alguien más.

No tenía ni idea de por qué la sola idea de que así fuera le fastidiaba.

–Yo… –comenzó Serena, y tomó aire antes de continuar–. Le he mandado un correo electrónico a Neil y todavía no me ha contestado. Pero no le necesito. Puedo criar a mi hijo yo sola. No quiero ser una carga para ti o para tu compañía. No necesito ayuda.

–No me mientas, Serena. ¿Tienes idea de lo que ocurrirá si pierdo la cervecera?

Aunque tenía la mirada fija en el suelo y no en él, Chadwick la vio cerrar por un momento los ojos. Claro que lo sabía. Estaba siendo un idiota por asumir que alguien tan inteligente y capaz como Serena no tuviera un plan alternativo por si se daba el peor de los casos.

–Me quedaré sin trabajo. Pero ya conseguiré otro. Siempre y cuando me des una buena carta de recomendación.

–Por supuesto que lo haré, pero estás obviando

la cuestión principal. ¿Sabes lo difícil que es para una mujer embarazada de ocho meses encontrar trabajo?

Le estaba cambiando el color. ¿Acaso tenía problemas para respirar?

Estaba siendo impertinente. Estaba embarazada y él la estaba regañando. Eso era algo que hubiera hecho su padre.

–Respira –se obligó a decirle tratando de mostrarse calmado–. Respira, Serena.

Ella sacudió ligeramente la cabeza, como si hubiera olvidado cómo hacerlo. Lo último que necesitaba en mitad de aquella caótica semana era que su secretaria embarazada se desmayara en aquel lujoso centro comercial. Mario llamaría a una ambulancia, la prensa se encargaría de airearlo y Helen, la mujer con la que teóricamente seguía casado, le haría pagar por ello.

Se arrodilló junto a Serena y empezó a acariciarle la espalda.

–Respira, Serena, por favor. Lo siento. No estoy enfadado contigo.

Entonces, ella se echó hacia delante y apoyó la cabeza en su hombro. ¿No era eso lo que había deseado hacer tan solo unos días antes, tener alguna excusa para abrazarla?

Pero no así, no porque hubiera perdido los nervios. No porque estuviera… embarazada.

Chadwick no tenía ni idea de cómo ser un buen padre. Sabía cómo ser un padre desastroso, pero no uno bueno. Helen le había dicho que no quería tener hijos, así que no los habían tenido. Había sido más fácil de esa manera.

¿Pero Serena? Era una mujer dulce y agradable, a diferencia de Helen que, como su madre, era rígida e inestable.

Serena sería una buena madre.

La idea le hizo sonreír o, más bien, lo habría hecho de no haber sido porque la tenía delante de sus ojos, ahogándose.

–Respira –le ordenó y, por fin, ella obedeció–. Bien, así, hazlo otra vez.

Continuaron así unos minutos, ella respirando y él recordándole que lo hiciera. El asistente llamó a la puerta y les llevó sus bebidas, pero ni Serena se apartó de Chadwick ni él de ella.

–Lo que te dije el lunes iba en serio, Serena –añadió él una vez estuvieron a solas de nuevo–. Esto no cambia nada.

–Lo cambia todo –dijo, y Chadwick pensó que nunca antes la había visto tan triste–. Lo siento. No quería que cambiara nada. Pero ha cambiado, yo he cambiado.

Llevaban demasiado tiempo viviendo estancados; él había estado infelizmente casado con Helen y ella había estado viviendo con Neil, sin que tampoco hubiera disfrutado de demasiadas alegrías. Podían haber seguido así de por vida.

Pero todo había cambiado.

–No te fallaré –le recordó.

El fracaso nunca había sido una posibilidad para él. Desde pequeño, su padre siempre le había exigido perfección. Y no era prudente defraudar a Hardwick. Incluso siendo niño, Chadwick lo había sabido.

No, no le fallaría a Serena.

Ella se echó hacia atrás, lo suficiente para separarse y poder mirarlo. Poco a poco, fue recuperando el color en su rostro. Tenía el pelo revuelto allí donde se había apoyado en su hombro, y tenía los ojos abiertos como platos. Era como si acabara de despertarse de una pesadilla y quisiera que la besara para tranquilizarla.

Chadwick le apartó un mechón de pelo de la mejilla. Luego, la tomó del mentón, como si no pudiera dejar de tocarla.

–No te fallaré –repitió él.

–Lo sé –susurró con voz temblorosa.

Serena alzó la mano, como si quisiera acariciarlo al igual que él la estaba acariciando. En cuanto le rozara la cara, lo atraería hacia ella y la besaría.

–¿Se puede? –preguntó Mario desde el otro lado de la puerta–. ¿Todo el mundo está visible?

–Maldita sea.

Serena sonrió. Fue una tímida y tensa sonrisa, pero sonrisa al fin y al cabo. En aquel momento, reparó en que todavía no le había fallado.

Lo que debía hacer, era seguir así.

Capítulo Cinco

–Tome aire –dijo Mario mientras le tendía el primer vestido a solas con ella en el probador.

Serena obedeció. Respirar era lo único que era capaz de hacer en ese momento, y aun así no le resultaba fácil.

Había estado a punto de besar a Chadwick. Se había apoyado en él en un momento de debilidad y había estado a punto de besarlo. Bastante grave había sido mostrarse tan poco profesional y haber tenido un ataque de pánico, aunque peor aún haber dejado que la consolara. ¿Pero haber estado a punto de besarlo?

No entendía por qué eso le parecía peor que permitir que él la besara, pero así era. Peor y mejor a la vez.

–Y exhale, señorita Chase. Expulse el aire completamente. ¿Ve? –dijo mientras le subía la cremallera. ¡Maravilloso!

Serena se miró el vestido de terciopelo negro que llevaba puesto y que se ajustaba perfectamente a sus curvas.

–¿Cómo ha sabido qué talla tengo?

–Querida –dijo Mario, mientras daba vueltas a su alrededor para alisarle aquí y allá el vestido–, es mi deber saber esas cosas.

–Ah, nunca antes había hecho esto –comentó,

y volvió a tomar aire–. Supongo que le es fácil adivinarlo.

Al fin y al cabo, había adivinado todo lo demás: la talla de vestido, la de zapatos e incluso la del sujetador.

–¿A qué se refiere, a probarse vestidos o a escaparse de la oficina en mitad del día?

Sí, no estaba engañando a nadie.

–A ambas cosas –respondió, mientras Mario le colocaba un par de zapatos de tacón negro delante y le ayudaba a ponérselos–. Siento como si estuviera disfrazada.

–Es lo bueno de la moda –replicó Mario, retrocediendo unos pasos para verla mejor–. Cada mañana al levantarte, puedes ser alguien diferente –añadió, y su expresión, al igual que su voz, cambió–. Alguien como Mario. ¿Sabes? Entre tú y yo: yo soy simplemente Mario, el del barrio, pero nadie más lo sabe. Eso es lo bonito de la moda. No importa lo que éramos, lo que importa es lo que somos ahora, en este preciso instante. Y hoy, tú puedes ser reina entre todas las mujeres.

Se quedó mirándolo, sorprendida por lo que acababa de decir. ¿De veras era Mario, el del barrio? ¿De veras entendía lo fuera de lugar que se sentía rodeada de tanta opulencia? No importaba. Lo único importante era que la hacía sentir capaz de hacer aquello. Sintió que podía volver a respirar.

–Eres maravilloso, ¿lo sabías?

–Vaya –respondió con una sonrisa afectada de satisfacción–. Eso es lo que le digo a mi marido una y otra vez. Uno de estos días acabará creyéndoselo –añadió, y dando unas palmadas, se volvió hacia el carrito en el que había llevado todas las cosas–. El señor Beaumont es un hombre muy afortunado.

No, no lo era. No era el padre del bebé, ni siquiera su novio. Era su jefe. De nuevo, sintió que el mundo se le venía encima.

Necesitaba distraerse.

–¿Es frecuente que el señor Beaumont aparezca con alguna mujer en busca de ropa?

Nada más acabar de hacer la pregunta, se arrepintió. No quería saber que ella era una más en la lista de transformaciones.

–¡Cielo santo, no! –exclamó volviéndose con un impresionante collar de diamantes–. Su hermano, el señor Phillip Beaumont, sí, pero el señor Chadwick Beaumont, no. Nunca acompañaba a su mujer, al menos por aquí. En caso contrario, lo recordaría.

Serena volvió a tomar aire. No había una razón especial para alegrarse por eso. No tenía nada que reprochar a Chadwick. Solo porque no hubiera llevado a ninguna mujer de compras, no significaba que no hubiera estado saliendo con alguien.

Pero no lo creía posible. Trabajaba mucho y lo sabía muy bien. Al fin y al cabo, era ella la que le organizaba la agenda.

–A ver –continuó Mario abrochándole el collar en el cuello–, cuando te has levantado esta mañana eras ¿ejecutiva de cuentas? –preguntó observando el traje de chaqueta cuidadosamente colgado junto a la puerta.

–Casi. Secretaria de dirección.

Mario chasqueó los dedos, sintiéndose decepcionado.

–En cuanto Mario acabe contigo, formarás parte de la realeza.

Le ofreció su brazo y ella lo tomó agradecida. Aquellos tacones eran al menos cinco centímetros más altos de los que solía llevar. Luego, le abrió la puerta y se dirigieron a la zona de estar.

Chadwick estaba recostado en el sofá, con una copa de champán en la mano. Se había aflojado la corbata y se le veía más relajado de lo normal.

Entonces, la vio. Abrió los ojos como platos y se irguió en el asiento, y a punto estuvo de derramar la copa.

–Serena, vaya.

–Y esto es solo el principio –intervino Mario, acompañándola hasta la pequeña tarima que había frente a los espejos.

Luego, la ayudó a subir y la hizo girar sobre sí misma. Después de que se quitara su traje de chaqueta, Mario le había recompuesto el peinado. A pesar de que todavía estaba pálida, le costaba creer que fuera ella.

Chadwick tenía razón. Aquel vestido, al igual que el negro que tenía en casa, la hacía sentirse bonita. Después del día que había tenido, era de agradecer. Se dio media vuelta y reparó en la expresión de Chadwick. Estaba boquiabierto y se había puesto de pie, como si fuera a acercarse a ella y tomarla entre los brazos.

–Este vestido es perfecto para el sábado –explicó Mario, aunque no parecía estarse dirigiendo ni a Serena ni a Chadwick–. Pero la mitad de la gente irá de negro y no queremos que la señorita Chase se confunda con los demás, ¿verdad?

–No –convino Chadwick–. No queremos eso.

Estaba mirándola como si no supiera desde hacía media hora que estaba embarazada. La miraba como si no la hubiera visto antes. Y parecía querer ver más.

–Además, este vestido pasa fácilmente desapercibido. Creo que deberíamos probar con algo más fluido, con más gracia, algo más…

–Elegante –intervino Chadwick, y volvió a sentarse en el sofá sin dejar de mirarla–. Muéstrame qué más tienes, Mario.

–¡Encantado!

El siguiente vestido era de color rosa pálido, con una gran falda y un lazo en la espalda, que parecía querer tragarse a Serena.

–Es un estilo clásico –anunció Mario.

–Demasiado –replicó Chadwick agitando la mano–. Pero aun así, está guapa –añadió con una sonrisa.

Luego le siguió un vestido azul de corte imperio, con la falda plisada y un tirante con piedras preciosas sobre el hombro.

–Nada de collares –dijo Mario, dándole unos pendientes con incrustaciones de lo que parecían zafiros de verdad–. No querrás competir con el vestido.

Esta vez, cuando salió del probador, Chadwick volvió a incorporarse.

–Estás espectacular.

De nuevo, aquella mirada. Parecía hambriento, hambriento de ella.

Ella se sonrojó. No estaba acostumbrada a estar tan guapa. Su aspecto solía ser profesional. El ves-

al que tenía era el negro que tenía
taba segura de cómo iba a mostrase
estando embarazada. Pero eso no
...modar a Chadwick.

–Este no se entalla en la cintura, así que podrá
ponérselo durante meses –dijo Mario dirigiéndose
a Chadwick, aunque Serena tenía la sensación de
que se lo estaba diciendo a ella.

La versatilidad de aquella prenda aumentaba su
valor. Aunque todavía no había empezado a fijarse
en las etiquetas.

–No sé qué otra ocasión voy a tener para ponér-
melo.

Chadwick no dijo nada, pero la mirada que le
dirigió, la hizo estremecerse.

Siguieron viendo varios vestidos más sin que
ninguno llamara especialmente la atención de
ninguno de los tres. Mario siguió sugiriéndole el
negro, sin dejar de repetir que era un color demasiado aburrido para ella. También la hizo probarse
uno amarillo girasol que no le sentaba nada bien a
su tono de piel. La vio tan poco favorecida, que ni
siquiera la dejó salir del probador.

El siguiente le gustó a Serena, un vestido de satén de tan rico estampado que era difícil decidir si
predominaba el azul o el morado. El corpiño tenía
un encaje superpuesto que disimulaba todo lo que
no le gustaba de su cuerpo. A ese le siguió otro en
rosa oscuro, sin tirantes, que parecía un vestido de
dama de honor. Luego, otro palabra de honor en
blanco y negro.

–Tu color es el azul –le dijo Mario.

Estaba de acuerdo.

Aunque no lo había creído posible, tenía que reconocer que lo estaba pasando bien. Parecía estar jugando a disfrazarse, algo que apenas había hecho durante su infancia. Chadwick tenía razón, se sentía atractiva. No dejaba de dar vueltas sobre la tarima para que la viera, disfrutando de todos los cumplidos que le decía.

Era como un cuento de hadas, un sueño hecho realidad. ¿Cuántas veces había ojeado revistas de moda que había encontrado en contenedores de reciclaje y había soñado con ponerse aquellos bonitos vestidos? Los estilismos de Mario no tenían nada que ver con lo que encontraba en las tiendas que solía frecuentar.

El tiempo fue pasando entre capas de gasa y satén. Enseguida dieron las siete. Habían pasado casi cuatro horas en los probadores. Chadwick se había bebido casi toda la botella de champán. En un momento dado, les llevaron una bandeja de quesos y frutas. Mario impidió a Serena tomar nada para no acabar en el probador, en ropa interior y comiendo.

Estaba cansada y hambrienta. Los ojos de Chadwick se veían vidriosos e incluso la inagotable energía de Mario empezaba a decaer.

–¿Podemos terminar? –preguntó Serena, languideciendo como una flor marchita con aquel vestido verde.

–Sí –contestó Chadwick–. Nos llevaremos el azul, el morado, el blanco y negro y… ¿te ha gustado alguno más?

Serena se quedó mirándolo perpleja. ¿Había dicho tres vestidos?

–¿Cuántas veces esperas que me cambie en esa fiesta?

–Quiero que tengas todas las opciones posibles.

–Con una es suficiente. Me quedo con el azul de un solo tirante.

Mario miró a Chadwick.

–Los tres, por favor –insistió–, con todos los accesorios necesarios. Mándalos a casa de Serena.

–Por supuesto, señor Beaumont –dijo, y recogió los vestidos que le había dicho antes de salir de la habitación.

Todavía con el vestido verde, Serena se quitó los zapatos de tacón y se acercó a Chadwick con los brazos en jarras.

–Uno solo. Para empezar, no debería dejar que me compraras ninguno. No necesito los tres.

Sin dejar de mirarla, esbozó una sonrisa irresistible. De repente, Serena fue consciente de que estaban a solas y que no iba vestida como de costumbre.

–La mayoría de mujeres daría saltos de alegría ante la idea de que alguien les comprara cosas bonitas.

–Bueno, no soy como la mayoría.

–Lo sé.

Entonces, como si se estuviera moviendo a cámara lenta, Chadwick se puso de pie y avanzó hasta ella con la mirada fija en sus ojos.

Debería hacer algo, dar un paso atrás, cruzarse de brazos, apartar la mirada, salir corriendo de allí y encerrarse en el probador hasta que volviera Mario…

Sí, debería hacer alguna de aquellas cosas.

Pero quería que la besara.

Le pasó un brazo por la cintura y con la otra mano le acarició la barbilla.

–No te pareces a ninguna mujer que haya conocido, Serena. Lo supe la primera vez que te vi.

–No creo que te acuerdes –replicó susurrando.

Su sonrisa se ensanchó.

–Trabajabas para Sue Colman, de Recursos Humanos. Te mandó a mi oficina con una comparativa de seguros médicos –dijo y, mientras hablaba, la estrechó contra él–. Te pregunté qué pensabas y me dijiste que Sue recomendaba el más barato, pero que había otro que era mejor y que los empleados estarían más contentos y que querrían quedarse a trabajar en la cervecera. Hice que te pusieras nerviosa, te sonrojaste, pero…

–Elegiste el seguro que yo quería.

Era el seguro que necesitaba. Por aquel entonces, acababa de ser contratada indefinidamente. Nunca había tenido seguro médico y quería uno sin copago y que cubriera las medicinas. No podía creer que Chadwick lo recordara, pero así era.

Lo rodeó con sus brazos y apoyó las manos en su espalda. No podía empujarlo para apartarlo. Deseaba aquello. Lo había deseado desde aquel primer día. Había llamado a la puerta y él había levantado la cabeza, fijando sus ojos marrones en ella. En vez de considerarla una interrupción, le había prestado atención y le había pedido su opinión, algo que no hacía falta que hiciera. Era la última empleada de la cadena, poco más que una becaria, y el futuro presidente de la compañía la había hecho sentir la empleada más importante de toda la empresa.

Entonces la había mirado de la misma manera en que la miraba en ese momento, como si fuera la mujer más importante del mundo.

–Fuiste sincera conmigo y, más aún, tenías razón. Es difícil esperar lealtad si no ofreces a la gente algo a lo que ser leal.

Desde aquel momento, había sentido devoción por él. Un año más tarde, el mismo día en que le nombraron presidente, había solicitado ser su secretaria. No era la persona más cualificada, pero él le había dado una oportunidad.

Le había estado muy agradecida. El puesto había sido un regalo que le había permitido mantenerse a sí misma y no depender de Neil para pagar la renta o la comida. Gracias a Chadwick, había conseguido lo que siempre había deseado: ser económicamente independiente.

Aún le estaba agradecida.

Todavía a cámara lenta, Chadwick se inclinó y rozó sus labios con los suyos. No fue un beso posesivo, más bien una solicitud de permiso.

Satisfecha, Serena respiró hondo. El olor de Chadwick la envolvió. Destacaba la calidez de la madera de sándalo entre otros aromas. Sin poder evitarlo, se aferró a él con más fuerza y acarició sus labios con la lengua.

Chadwick emitió un suave rugido que pareció salir de lo más hondo de su pecho. Entonces, el beso se hizo más apasionado. Ella separó los labios y dejó que su lengua entrara en su boca.

Las rodillas de Serena a punto estuvieron de ceder a la cálida sensación que la invadía, pero no pasó nada, porque allí estaba él para sujetarla. Su cabeza empezó a dar vueltas otra vez, pero en vez de sentir el mismo pánico que la había paralizado antes, lo único que sintió fue puro deseo. Había deseado aquel beso desde la primera vez que había visto a Chadwick Beaumont. ¿Por qué había esperado casi ocho años para provocarlo?

Sintió la presión de algo duro y cálido contra su vestido. Una sensación similar entre sus piernas atraía su cuerpo hacia el de él. Era lo que llevaba meses echando de menos, incluso años. No sentía aquella intensa pasión desde mucho antes de que Neil desapareciera de su vida.

Chadwick la deseaba y, por supuesto, ella a él. Quería olvidarse de jefes, empleados, compañías, consejos de administración, embarazos y todo lo que fallaba en su vida. Se sentía bien en brazos de Chadwick, con los labios unidos a los suyos. Nada más importaba salvo aquel instante entre sus brazos.

Deseaba acariciarlo, descubrir si el resto de él era tan fuerte como aquellos brazos. Pero antes de poder hacerlo, él rompió el beso y la estrechó con más fuerza.

Sus labios se deslizaron por su cuello y le gustó la sensación.

–Siempre has sido especial, Serena –susurró junto a su piel–. Deja que te demuestre lo especial que eres. Quiero regalarte los tres vestidos. Así podrás sorprenderme el sábado. ¿No vas a darme esa oportunidad?

La pasión los consumía. Serena se había olvidado de los vestidos y de lo mucho que probablemente costaran. Por un instante, se olvidó de todo, incluso de quiénes eran.

Debería rechazar el vestido y la cena, y olvidarse de la manera en que llevaba mirándola toda la tarde, como si estuviera deseando despojarla de cada uno de aquellos vestidos. No tenía ningún sentido estar así entre sus brazos, permitiendo que la atracción que sentía por Chadwick Beaumont nublara su mente. Estaba embarazada y su empleo pendía de un hilo, y no necesitaba aquellos tres vestidos que seguramente costaban más de lo que ella ganaba al año.

Él se echó hacia atrás y acarició su mejilla.

—No lo había pasado tan bien desde… bueno, ni siquiera recuerdo desde cuándo. Ha sido una buena idea salir de la oficina.

Su sonrisa borró todo rastro de preocupación de su rostro.

Serena iba a decirle que el champán se le había subido a la cabeza, aunque era ella la que no podía justificar por qué le había devuelto el beso. Pero Chadwick continuó hablando.

—Me alegro de haber pasado la tarde contigo. Gracias, Serena.

Se quedó sin fuerzas. No podía negarlo, ni recriminarle nada, ni tenía fuerzas para insistir en que Mario solo le envolviera un vestido y ninguna joya.

Se había divertido con ella.

—Los vestidos son preciosos, Chadwick. Gracias.

Él se inclinó y la besó suavemente en la mejilla.

—De nada —respondió y le pasó el brazo por la cintura para acompañarla a la tarima, tal y como había hecho Mario—. Deja que te invite a cenar.

—Yo… —dijo mirándose el vestido verde que llevaba–. Tengo que volver al trabajo. Tengo que volver a ser la secretaria de dirección.

Se sorprendió al oírse decir aquello. Llevaba siete años siendo una secretaria de dirección.

Pasar el día disfrazándose se le había subido a la cabeza. Se había olvidado de quién era, una simple empleada llamada Serena Chase. No era la clase de mujer que buscaba hombres ricos para que la colmaran de regalos. Y, desde luego, no era la amante de Chadwick.

Había dejado que la besara y le había devuelto el beso.

La expresión de Chadwick se tornó distante. Él también parecía consciente de que habían cruzado una línea que no deberían haber traspasado. Eso la hizo sentirse peor.

–Sí, a mí también me espera trabajo.

Aunque se hubieran escapado de la oficina unas cuantas horas, el mundo había seguido girando. Seguramente había inversores, analistas y periodistas a la espera de algún comunicado de Chadwick valorando la reunión del consejo.

Pero más que eso, necesitaba apartarse de él. Aquella cercanía no la ayudaba en nada. Necesitaba despejarse la cabeza y dejar de fantasear con su jefe. Eran fantasías cuya sensación ahora conocía: había sentido sus labios sobre los suyos y su cuerpo junto al suyo. Probablemente, aquellas fantasías volvieran a materializarse esa noche en sus sueños.

No podía aceptar la cena además de los vestidos. Tenía que poner el límite en alguna parte.

Aunque ya había cruzado ese límite.

¿Hasta dónde llegaría?

Capítulo Seis

Chadwick no durmió bien aquella noche.

Trató de convencerse de que se debía a la desastrosa reunión del consejo de administración y no a Serena Chase, pero ¿qué sentido tenía engañarse? Todo era por culpa de Serena.

No debería haberla besado y, siendo sensato, lo sabía. Había despedido a otros directivos por cruzar esa misma línea. Durante demasiado tiempo, la cervecera Beaumont había sido una empresa en la que los hombres se habían aprovechado en todos los sentidos de las mujeres con las que trabajaban. Esa era una de las primeras cosas que había cambiado después de la muerte de su padre. Le había pedido a Serena que redactase unas normas estrictas sobre acoso sexual para evitar situaciones como aquella. Siempre había querido garantizar la justicia, la lealtad y la igualdad.

Él no era Hardwick Beaumont. Él no seduciría a su secretaria.

Pero ya había empezado a hacerlo. Le había dicho que la llevaría a la gala. La había llevado de compras y se había gastado varios miles de dólares en vestidos, joyas y bolsos para ella.

La había besado, aunque lo cierto era que había deseado mucho más que simplemente besarla. Había deseado quitarle aquel vestido, sentarse en

74

el sofá y hacer que Serena se colocara sobre él. Deseaba acariciar sus pechos y hundirse en ella.

Había deseado tomarla allí mismo en el probador, algo que probablemente Hardwick habría hecho.

Así que se había detenido. Y por suerte, ella también.

Pero le había devuelto el beso. Había recorrido su boca con la lengua, estrechando sus pechos contra él y abrazándolo con fuerza mientras él la envolvía en sus brazos.

A las cinco y media del día siguiente ya estaba en el despacho, corriendo a buen ritmo en la cinta. Ante él tenía una pantalla con la información de los mercados internacionales a la que no estaba prestando la más mínima atención. No podía dejar de pensar qué demonios iba a hacer con Serena.

Estaba embarazada. Viéndola con aquellos vestidos, la había encontrado impresionante. Siempre había sido muy guapa, pero el día anterior, se había quedado sin respiración una y otra vez.

Serena Chase lo tenía totalmente desconcertado. Las mujeres que Chadwick conocía no rechazaban ropa y joyas caras. Se pasaban el día buscando la forma de conseguir más ropa y mejores joyas, además de un cuerpo más delgado. Eran capaces de lloriquear, suplicar y embaucar para salirse con la suya.

Eso era lo que su madre siempre había hecho. Chadwick no estaba seguro de que Eliza y Hardwick se hubieran amado nunca. Ella buscaba su dinero y él, el prestigio de su familia. Cada vez que Eliza pillaba a Hardwick en flagrante infidelidad, lo cual era habitual, no paraba de llorar y de amenazarlo hasta que él volvía con la promesa de cambiar y un nuevo diamante. Entonces, cuando un solo diamante no fue suficiente, empezó a comprárselos a puñados.

Helen también era así. Aunque ella, más que amenazar, se ponía mohína hasta que conseguía lo que quería: coches, ropa, cirugías… Había sido mucho más fácil ceder a sus peticiones que enfrentarse a sus manipulaciones. El último año antes de pedir el divorcio, solo se había acostado con él cuando le había comprado algo.

De alguna manera, se había convencido de que no necesitaba sentir pasión porque la pasión dejaba a un hombre expuesto al dolor de la traición. Porque siempre había alguna traición a la vuelta de la esquina.

Pero Serena… Ni lloraba ni se quejaba ni se ponía mohína. Ella nunca lo había tratado como a un peón al que hubiera que mover hasta conseguir lo que quería, ni como si fuera un obstáculo con el que tuviera que negociar.

Ni siquiera quería permitirle que le comprara un vestido que la hacía sentirse guapa.

Subió de intensidad la cinta de correr y sintió como si los pulmones le fueran a estallar.

No podía desear a su secretaria y esa era su decisión final. Aquello solo era la consecuencia de que Helen hubiera abandonado el dormitorio conyugal veintidós meses antes. Y antes de eso, llevaban dos meses sin sexo. Sí, eso era, llevaba dos años sin una mujer entre sus brazos, dirigiéndole una sonrisa y alegrándose de verlo.

Dos años era mucho tiempo.

Eso era lo que le pasaba. Sentía una frustración sexual que le había llevado a interesarse por su secretaria. Su intención no era serle infiel a Helen, ni siquiera en medio de aquel divorcio interminable. En parte se debía a una sabia decisión; si Helen averiguaba que había tenido un romance, incluso después de su separación, no firmaría el divorcio hasta asegurarse de no dejarle nada más que el apellido.

Pero también se debía a que no quería parecerse a su padre. Claro que su padre habría inundado de regalos a su secretaria y luego la habría besado.

Sus piernas se dieron por vencidas, pero en lugar de sentirse despejado, estaba más confundido que nunca. A pesar del intenso ejercicio que acababa de hacer, seguía sin saber qué iba a hacer cuando llegara el momento de su habitual reunión matutina con Serena.

Bueno, sí que sabía lo que quería hacer. Deseaba tumbarla sobre su mesa y recrearse en cada una de sus curvas. Quería que se colocara sobre él y provocarle un intenso orgasmo antes de abrazarla y dormirse en sus brazos.

Pero no solo quería tener sexo.

Quería tener a Serena.

Se metió en la ducha sin molestarse en girar el grifo del agua caliente. La fría tampoco le sirvió para recuperar la cordura, pero al menos le sirvió para que le bajara la erección.

Aquello iba más allá del deseo carnal. Sentía la necesidad de cuidar de ella, de no fallarle. Le había contado que su ex no había respondido a su correo electrónico. Eso era algo de lo que él podía ocuparse. Podía hacer que aquel idiota asumiera su responsabilidad y que al menos se enterara de que había dejado a Serena en una situación complicada. Sí, le gustaba la idea. Sería una manera adecuada de cuidar de su mejor empleada, sin necesidad de besarla. Seguramente Serena no insistiría para que Neil asumiera sus obligaciones legales, pero Chadwick no tenía ningún problema en ponerlo contra las cuerdas.

Cerró el grifo y tomó una toalla. Estaba bastante seguro de que tenía el teléfono de Neil guardado en su teléfono. Pero ¿dónde lo había dejado?

Buscó en los bolsillos de sus pantalones durante unos minutos antes de recordar que lo había dejado sobre su mesa al llegar. Abrió la puerta, entró en su despacho y se encontró con Serena.

–¡Chadwick! –exclamó–. ¿Qué estás…?

–¡Serena!

Entonces recordó que lo único que llevaba puesto era la toalla. Ni siquiera se había molestado en secarse.

Serena se quedó de piedra, con la boca abierta, mientras su mirada bajaba por su pecho mojado.

Un intenso deseo lo invadió. Lo único que tenía que hacer era quitarse la toalla y enseñarle lo que le provocaba. Al paso que iba, ni siquiera tendría que quitarse la toalla para demostrárselo. No estaba ciega y él no podía disimular dada situación.

–Lo… lo siento –balbuceó Serena–. No sabía que…

–Estaba buscando mi teléfono –dijo y miró el reloj–. Llegas pronto.

–Quería… Me refiero a que, respecto a lo de anoche… El beso…

Parecía estar intentando recuperar el control, pero su mirada siguió bajando. De repente se sonrojó, y su expresión se tornó inocente a la par que pícara.

Chadwick avanzó un paso. Al ver la expresión de su rostro se olvidó de sus buenos propósitos. Era la misma expresión que había visto la noche anterior después de besarla. Era evidente que lo deseaba y eso le hizo sentirse bien.

–¿Qué pasa con el beso?

Finalmente, Serena bajó la mirada al suelo.

–No debería haber pasado, no debería haberte besado. No estuvo bien y quiero disculparme –dijo bruscamente, como si hubiera pasado toda la noche ensayando aquellas palabras–. No volverá a ocurrir.

¿Cómo? ¿Estaba asumiendo toda la culpa por lo que había pasado? Tampoco era que la hubiera acorralado contra la pared, pero era él el que la había tomado entre sus brazos y la había obligado a mirarlo a los ojos.

–Corrígeme si me equivoco, pero creo que fui yo el que te besé.

–Sí, bueno, pero aun así, fue poco profesional, y no debería haber pasado estando trabajando.

Por un instante, Chadwick supo que había cometido un gran error. Estaba seria. Tendría suerte si no lo demandaba por acoso.

Pero entonces, ella levantó la cabeza. Se estaba mordiendo el labio inferior sin apartar la vista de su torso desnudo. Su mirada mostraba el mismo deseo que él sentía en sus venas.

Entonces, reparó en lo que acababa de decir: no debería haber pasado estando trabajando.

Y el sábado por la noche, ¿se consideraría horario de trabajo o tiempo libre?

—Por supuesto —convino.

Porque a pesar de que lo estuviera mirando de aquella manera y de que estuviera cubierto tan solo por una toalla, él no era como su padre. Él era un hombre racional que no se dejaba llevar por sus instintos más básicos y que sabía controlar sus deseos.

O, al menos, eso intentaba.

—¿A qué hora quieres que te recoja el sábado para cenar?

Serena seguía mordiéndose el labio inferior y Chadwick no pudo evitar imaginarse qué se sentiría si le mordiera así los labios.

—La gala empieza a las nueve. No deberíamos llegar más tarde de las nueve y media.

La llevaría a Palace Arms. Era el lugar perfecto para ir antes de la gala, un entorno adecuado en el que Serena se sentiría a gusto con su vestido.

—Señorita Chase —dijo tratando de usar su tono de voz formal—. Por favor, haga una reserva para dos en el restaurante Palace Arms a las siete. La recogeré a las seis y media.

Serena abrió los ojos como platos, al igual que había hecho el día anterior cuando la había llevado a Neiman y le había comprado los vestidos. ¿Por qué le preocupaba tanto el dinero que se gastara?

—Pero eso es…

—Eso es lo que quiero —contestó él.

Entonces, sin que pudiera evitarlo, se le soltó

la toalla. Fue tan solo un poco, no como para deslumbrarla, pero sí lo suficiente como para que se diera cuenta y reaccionara. No, no le gustaba que presumiera de su riqueza, pero su cuerpo… Su cuerpo era una cuestión completamente diferente. Se quedó boquiabierta y, entonces, se pasó la lengua por los labios. Tuvo que contenerse para evitar soltar un gemido.

—Iré a hacer la reserva, señor Beaumont —dijo sin apenas aliento.

—Sí, por favor.

Sí, iba a llevarla a cenar y la iba a ver vestida con uno de aquellos vestidos. Entonces…

Simplemente disfrutaría de su compañía, se dijo. No esperaba otra cosa. Su intención no era comprarle cosas y hacer que se sintiera obligada a meterse en su cama. El sexo no equivalía a una nota de agradecimiento.

De repente, ella sacó un pequeño sobre.

—Es una nota de agradecimiento, por los vestidos.

A punto estuvo de romper a reír, pero se contuvo. Estaba demasiado atento a Serena. Se había acercado a su mesa y estaba dejando el sobre. Estaba lo suficientemente cerca como para tirar de ella y volver a rodearla entre sus brazos, al igual que había hecho la noche anterior.

Excepto que tendría que quitarse la toalla.

¿Desde cuándo le resultaba tan difícil mantener la compostura y controlar sus impulsos? Aunque, ¿cuándo había sido la última vez que había tenido que controlar sus impulsos?

Hacía años, largos y tristes años de un matrimonio sin amor, entregado a dirigir una compañía. Serena había despertado algo en él que lo hacía sentirse desenfrenado e impulsivo.

La tensión en la habitación casi se palpaba.

–Gracias, señorita Chase.

Estaba tratando de parapetarse en aquel trato formal, como había hecho durante años, pero no estaba funcionando. Lo único que deseaba era saborear sus besos.

–Esta mañana vendrá Larry para su reunión habitual –dijo ella mirándolo por el rabillo del ojo–. ¿Retraso la hora o crees que te dará tiempo a vestirte?

Esta vez no hizo nada por disimular su sonrisa.

–Supongo que estaré vestido cuando venga. Hazle pasar cuando llegue.

Ella asintió y, dirigiendo una última mirada a su pecho desnudo, se dispuso a marcharse.

–Serena.

Ella se detuvo junto a la puerta, pero no se volvió.

–¿Sí?

–Yo… estoy deseando que llegue el sábado.

Serena giró la cabeza y esbozó la misma sonrisa cálida, nerviosa y excitada que le había dedicado cuando había estado probándose vestidos.

–Yo, también.

Luego, hizo lo correcto y lo dejó a solas en su despacho. El sábado quedaba muy lejos. Chadwick confiaba poder soportarlo.

***

Durante el resto de la semana, Serena se aseguró de llamar siempre a la puerta.

Había fantaseado con que Chadwick la metía con él en la ducha, la acorralaba contra la pared y la empezaba a besar por todo el cuerpo antes de que ella hiciera lo mismo.

El jueves fue un día muy ajetreado. Había que ocuparse de las repercusiones de la reunión del consejo y también de los preparativos de última hora de la gala. Una vez que Chadwick se hubo vestido, apenas tuvieron un par de minutos a solas entre reuniones y llamadas de teléfono.

El viernes transcurrió de la misma manera. Estuvieron en la oficina hasta casi las siete, tratando de transmitir tranquilidad tanto a empleados como a inversores.

Seguía sin tener noticias de Neil. Había llamado al médico y le habían dado cita para dentro de dos semanas. Si para entonces seguía sin saber de él, tendría que llamarlo.

Pero no quería pensar en eso, sino en el sábado por la noche.

No iba a meterse en la cama con Chadwick. Además de que era su jefe, al menos por el momento, había demasiados inconvenientes. Para empezar, estaba embarazada y todavía estaba intentando superar el fin de la relación que durante nueve años había mantenido con Neil. Además, Chadwick todavía no estaba divorciado. No quería que lo que fuera que había entre ellos pudiera afectarlos negativamente.

Eso lo zanjaba todo. En un futuro cercano, cuando él estuviera divorciado y ella no estuviera embarazada ni trabajando para él, quizá se atreviera a llamarlo e invitarlo a su casa. Entonces, lo seduciría, quizá en la ducha, quizá en la cama.

Pero no hasta entonces. Aquel era un acontecimiento relacionado con el trabajo. Lo único diferente era que se trataba de una fiesta elegante, pero nada más cambiaba.

Excepto por aquel beso y aquella toalla. Aquellas fantasías... No podía negar que tenía serios problemas.

Capítulo Siete

En su dormitorio, con el pelo recogido en un elegante moño y cubierta con un albornoz, Serena contemplaba los vestidos, colgados de la puerta del armario. Todavía tenían las etiquetas puestas.

Por alguna razón, no había llegado a verlas en la tienda. Probablemente, Mario se había esmerado en que no las viera.

Aquellos vestidos costaban varios miles de dólares, sin contar los accesorios que los acompañaban.

El que quería ponerse, el azul con un hombro al descubierto, combinaba a la perfección con los pendientes largos. El otro, el que estaba de rebajas, costaba tanto como un coche de segunda mano. ¡Y eso que estaba rebajado! ¿Y los pendientes? Ni más ni menos que zafiros.

«No puedo hacer esto», decidió.

Aquello no pertenecía a su mundo. No acababa de entender por qué Chadwick se había empeñado en comprarle vestidos y llevarla con él.

Devolvería los vestidos y volvería a ser Serena Chase, la secretaria eficiente y leal. Eso sería lo más sensato.

Entonces, su teléfono vibró. Por un instante, temió que fuera Neil. Temía que hubiera entrado en razón y quisiera hablar con ella o, incluso, volver a verla.

Tomó el teléfono y vio que era un mensaje de Chadwick: «Estoy de camino y deseando verte».

El corazón le empezó a latir con fuerza. ¿Iría como de costumbre con un traje? ¿Se le vería rígido y formal, o relajado? ¿La miraría con aquel brillo en sus ojos, ese que la hacía pensar en toallas, duchas y besos ardientes y prohibidos?

Sacó el vestido azul de la percha y acarició la tela. ¿Qué mal podría hacerle disfrutar de una noche? ¿No había soñado siempre en llevar una vida así? ¿No era ese el motivo por el que había ido a las galas anteriores? Le agradaba asomarse a un mundo del que siempre había querido formar parte, un mundo en el que nadie pasaba hambre ni llevaba ropas raídas ni se mudaba en mitad de la noche porque no podía pagar el alquiler.

¿No estaba Chadwick ofreciéndole lo que siempre había deseado? ¿Por qué no disfrutarlo, aunque fuera solamente por una noche?

Sí, sería solo por una noche, decidió mientras se ponía el vestido. Una sola noche en la que no sería Serena Chase, la infatigable trabajadora huyendo de la pobreza. Por una maravillosa noche, sería Serena Chase, reina entre las mujeres. Sería escoltada por un hombre que no le quitaría los ojos de encima, un hombre que la hacía sentirse muy guapa.

Si alguna vez volvía a ver a Mario, le daría un fuerte abrazo.

Se vistió cuidadosamente. Decidió maquillarse más de lo habitual, así que se pasó un buen rato aplicándose sombra de ojos y rímel.

Acababa de guardar la barra de labios en el

diminuto bolso que Mario había escogido para acompañar el vestido cuando oyó que llamaban a la puerta.

–¡Un momento! –gritó, mientras recogía los zapatos de tacón amarillo que habían llegado con todo lo demás.

Luego, se tomó unos segundos para respirar. Estaba guapa y se sentía bien. Iba a disfrutar de la noche. Ya volvería a ser la de siempre al día siguiente. Aquella noche sería de Chadwick y de ella.

Abrió la puerta y se quedó boquiabierta. Llevaba un esmoquin y sujetaba una docena de rosas rojas.

–Vaya –fue todo lo que pudo decir.

El esmoquin le sentaba como un guante. Seguramente estaba hecho a medida.

Él la miró por encima de las rosas.

–Esperaba que hubieras elegido ese vestido. Te he comprado estas flores.

Le tendió el ramo y reparó en que llevaba una de aquellas rosas en el ojal.

Serena tomó el ramo, a la vez que Chadwick se echaba hacia delante.

–Estás impresionante –le susurró al oído.

Luego, la besó en la mejilla, mientras le pasaba el brazo por la espalda, justo por encima de la cadera.

–Sencillamente impresionante –repitió.

La calidez de su cuerpo hizo que Serena sintiera un intenso calor irradiando desde su interior.

No necesitaban ir a ninguna parte. Podía hacerle entrar y pasar la noche entrelazados en la cama. Al fin y al cabo, no estaban trabajando. Mientras no estuvieran en la oficina, podían hacer lo que quisieran. Y lo que quería era estar con él.

No, no podía permitir que la sedujera, al menos, no tan fácilmente. Aquel era un acontecimiento relacionado con el trabajo.

Entonces, volvió a besarla de nuevo, justo debajo de la oreja, y supo que estaba en un serio apuro. Tenía que hacer algo, lo que fuera.

–Estoy embarazada –balbuceó.

Al instante, se ruborizó. Tenía que poner freno a aquella situación. Las mujeres embarazadas no estaban impresionantes. Su cuerpo era una revolución de hormonas y esa debía de ser la única razón por la que tanto deseaba a su jefe.

Por suerte, Chadwick se apartó. Pero no la soltó.

–En todos estos años, nunca te había visto tan radiante, Serena –dijo uniendo su frente a la de ella–. Siempre has sido muy guapa, pero ahora, embarazada o no, eres la mujer más bonita del mundo.

Quería decirle que no se lo creía ni él, que había mujeres mucho más bonitas que ella en Denver. Ella era sencilla, tenía curvas y solía vestir trajes de chaqueta, nada especial.

Chadwick deslizó la mano por su cadera y la detuvo sobre su estómago, dibujando pequeños círculos.

–Esto –dijo en tono serio mientras extendía los dedos para abarcar toda la superficie–, te hace especial. Ya no puedo seguir controlándome cuando estoy a tu lado ni quiero hacerlo.

Mientras pronunciaba aquellas palabras, su mano siguió bajando por su vientre sin dejar de dibujar círculos. La suavidad de sus caricias despertó un deseo cálido e intenso entre sus muslos. No quería que parara hasta que tocara su parte más profunda. Deseaba que explorara su cuerpo y que la hiciera suya.

Si no lo conociera bien, pensaría que estaba intentando adularla. Pero Chadwick nunca mentía, nunca decía lo que otros querían oír. Siempre decía la verdad.

Si estaba siendo sincero, solo cabía una pregunta. Ahora que ella sabía la verdad, ¿qué iba a hacer?

El último sitio donde Chadwick quería estar en aquel momento era en ese restaurante. La única explicación para estar allí era la gala posterior, pero no le apetecía estar en ninguno de los dos sitios. Deseaba volver a casa de Serena y arrancarle el vestido, llevársela a la cama y demostrarle lo difícil que le era controlarse estando a su lado.

En vez de eso, estaba sentado enfrente de Serena, en uno de los mejores restaurantes de Denver. Desde que dejaran su apartamento, Serena había permanecido callada. Tampoco le venía mal su silencio, puesto que no sabía de qué hablar. Referirse al trabajo sería aburrido y estresante. Por otro lado, teniendo en cuenta cómo había reaccionado cuando le había acariciado el vientre, su embarazo tampoco era un tema a tratar. No parecía sentirse cómoda, al menos esa era la impresión que le había dado. Además, eso les haría acabar hablando de Neil, y no quería pensar en ese estúpido.

Hablar de su divorcio quedaba descartado.

Chadwick sabía que hablar de anteriores parejas no llevaba a ninguna parte.

Tampoco podía olvidar que prácticamente le había confesado lo que sentía por ella. Después de haberlo hecho, no resultaba fácil mantener una conversación superficial. Parecería que estaba restándole importancia a lo que le había dicho.

Y no quería hacer eso.

Pero no sabía de qué hablar. Por una vez en su vida, deseó que su hermano Phillip estuviera allí. Bueno, tampoco estaba tan seguro de eso. Phillip empezaría a flirtear con Serena, pero no porque sintiera algo por ella, sino porque simplemente era una mujer. No, no quería que Phillip se acercara a Serena.

Aun así, a Phillip se le daba bien llenar los silencios. Tenía una interminable lista de historias interesantes acerca de los famosos que conocía en fiestas y discotecas. Si había alguien incapaz de quedarse sin conversación, ese era su hermano.

Pero Chadwick no llevaba una vida así. Su vida era el trabajo. Él iba a la oficina, corría, se duchaba, trabajaba y volvía a casa. Incluso no desconectaba durante los fines de semana. Dirigir la compañía consumía la mayor parte de su tiempo; seguramente trabajaba unas cien horas a la semana.

Claro que era lo normal, teniendo en cuenta que dirigía una gran empresa. Durante mucho tiempo, había hecho lo que se esperaba de él, lo que su padre esperaba de él. Lo único que importaba era la compañía.

Chadwick miró a Serena. Estaba sentada frente a él, con las manos en el regazo, mirando a su alrededor. Él estaba habituado a aquel lujo y le resultaba curioso ver a través de los ojos de ella.

Se divertía estando con ella. Le hacía pensar en cosas que no tenían que ver con el trabajo y, dada la situación, era un alivio. Pero lo que sentía iba más allá de una simple gratitud.

Por primera vez en su vida, estaba ante alguien que para él significaba más que la cervecera.

Esa simple idea lo asustaba. Porque, ¿quién era él más allá de Chadwick Beaumont, la cuarta generación de los Beaumont que dirigía la cervecera? Lo habían educado para ser precisamente eso. Como su padre había querido, él siempre había antepuesto la cervecera a todo lo demás.

Pero las cosas empezaban a cambiar. No sabía durante cuánto tiempo más la fabrica seguiría siendo suya. Aunque lograra evitar la venta, habría más intentos. La posición de la empresa se había debilitado.

Lo curioso era que se sentía más fuerte después de lo que había pasado con Serena esa semana.

Aun así, tenía que decir algo. No la había invitado a cenar para simplemente quedarse mirándola.

–¿Todo bien?

–Estupendamente –contestó–. Este sitio es muy… lujoso. Temo no usar el tenedor correcto.

Se la veía contenta. Sus ojos brillaban y lucía una bonita sonrisa.

Se relajó. Aunque parecía una princesa, seguía siendo la misma Serena, su Serena.

No. Apartó aquel pensamiento nada más formarse en su cabeza. No era suya. Tan solo era su secretaria.

–¿Tus padres nunca te pusieron un bonito vestido y te llevaron a cenar a un sitio así?

–No –respondió ella sonrojándose.

–¿De veras? ¿Ni siquiera para una ocasión especial?

Era una escena que veía con cierta frecuencia, familias con hijos en buenos restaurantes. Había dado por sentado que era habitual en gente de clase media.

Serena lo miró con mirada desafiante. Era la misma expresión que había visto en sus ojos cuando había rechazado los vestidos. Eso le gustaba de ella, que no se doblegara a él solo porque fuera Chadwick Beaumont.

–¿Alguna vez tus padres te vistieron con harapos y te llevaron a un comedor social a celebrar algo?

–¿Cómo?

–Porque ahí era donde íbamos cuando salíamos a comer, a un comedor social.

Nada más pronunciar aquellas palabras, la mirada desafiante desapareció, y pareció sentirse avergonzada.

–Lo siento –añadió Serena con la mirada fija en la cubertería de plata–. No suelo contárselo a la gente. Olvida lo que he dicho.

Chadwick se quedó mirándola boquiabierto. ¿De veras acababa de decir comedor social? En alguna ocasión le había comentado que su familia había atravesado dificultades económicas, pero…

–El proyecto benéfico que has elegido este año ha sido el banco de alimentos.

–Sí –respondió sin apartar la vista de los cubiertos.

Aquella no era la conversación que quería mantener, pero sintió que era más importante.

–Cuéntamelo.

–No hay mucho que contar –dijo hundiendo más la barbilla–. Ser pobre no es plato de gusto.

–¿Qué les pasó a tus padres?

No podía imaginarse cómo unos padres podían permitir que un hijo viviese así.

–Nada, es solo que… Joe y Sheila lo hacen todo en exceso. Son tremendamente leales, comprensivos, generosos… Si necesitas veinte dólares, son capaces de darte los últimos veinte dólares que tengan, aunque eso suponga quedarse sin cenar o sin tomar el autobús de vuelta a casa. Mi padre es portero. Es la clase de persona que para en la carretera cuando ve a alguien con una rueda pinchada y le ayuda a cambiarla. Pero cualquiera se aprovecha de él. Mi madre no es mucho mejor. Lleva años siendo camarera. Nunca ha buscado un trabajo mejor porque es leal a los dueños de la cafetería. La contrataron con quince años. Cada vez que mi padre se quedaba sin trabajo, vivíamos gracias a sus propinas, aunque no fuera suficiente para una familia de tres.

Había tanto dolor en sus palabras, que Chadwick no pudo evitar sentirse furioso con sus padres, por muy amables y leales que fueran.

–Aunque tuvieran trabajo, ¿teníais que recurrir al banco de alimentos?

–No me malinterpretes. Me quieren y ellos también se quieren, pero se comportan como si el dinero fuera una fuerza incontrolable sobre la que no tuvieran poder. Como la lluvia. El dinero entraba y salía de nuestras vidas independientemente de lo que hiciéramos. Eso es lo que pensaban. Bueno, aún piensan así.

Chadwick nunca se había parado a pensar en dinero porque su familia siempre había tenido. A los Beaumont nunca les había faltado para comer. Pero aun así, él trabajaba por mantener su fortuna.

–Mi madre siempre decía que tenían amor –continuó Serena–. Así que ¿quién necesitaba un coche, un seguro médico o una casa sin bichos? Ellos desde luego que no –dijo, y lo miró con sus ojos marrones–. Pero yo sí. Yo quiero más.

Chadwick permaneció observándola, asombrado, incapaz de cerrar la boca.

–No tenía ni idea.

Ella le sostuvo la mirada.

–Nadie lo sabe. No me gusta hablar de ello. Quiero que me veas como soy. No quiero que nadie me tome por un caso de beneficencia.

No podía culparla. Si hubiera ido a la entrevista de trabajo como si se mereciera el puesto solo porque vivía de la beneficencia, no la habría contratado. Pero no, nunca había buscado provocar compasión.

–¿Lo sabía Neil?

–Sí. Me mudé a vivir con él porque se ofreció a pagar todos los gastos hasta que yo pudiera contribuir con algo. Creo que nunca olvidó mis orígenes. Pero era una persona estable, así que me quedé a su lado. Te agradezco los vestidos y la cena, Chadwick, de verdad. Hubo años en los que mis padres no ganaron ni la mitad de lo que has pagado. Pagar por esos vestidos tanto…

De repente, se la veía cansada.

Nunca antes había comprendido a una persona tan bien como comprendía a Serena en aquel momento. Era atenta y sincera, cualidades que siempre había admirado en ella.

—¿Por qué elegiste la cervecera?

Esta vez, Serena no apartó la mirada. En vez de eso, se echó hacia delante, con un nuevo brillo en los ojos.

—Tuve ofertas para hacer prácticas en un par de sitios más. Comparé el volumen de negocios, los beneficios, lo contentos que estaban los empleados... No soportaba la idea de estar cambiando continuamente de empleo. ¿Y si no encontraba otro trabajo? ¿Y si no era capaz de cuidar de mí misma? En la cervecera había muchos empleados que llevaban trabajando treinta y cuarenta años, toda su vida. Ha pertenecido a tu familia desde siempre. Así que me pareció un sitio estable, y eso era lo que quería.

Ahora corría peligro. No le agradaba la idea de que su familia perdiera la compañía, pero contaba con la tranquilidad de que tenía una fortuna personal. Siempre le habían preocupado los empleados, pero Serena se lo hacía ver desde una nueva perspectiva.

—Al menos, eso era lo que pensaba que quería.

Un fuerte deseo lo invadió. A diferencia de Helen y de su madre, supo que Serena no se estaba refiriendo a vestidos, joyas ni cenas lujosas.

Estaba hablando de él.

Era incapaz de imaginarse a la refinada y glamurosa mujer que tenía sentada frente a él vestida con harapos, habiendo fila en un comedor social. Tampoco tenía que hacerlo. Era una de las ventajas de ser rico.

—Te prometo que no te fallaré, Serena, y ya sabes que no me gusta faltar a mis promesas.

Aunque perdiera la compañía, no dejaría a Serena a merced de la beneficencia.

Ella se apoyó en el respaldo y volvió a bajar la mirada.

—Lo sé, pero no es responsabilidad tuya. Tan solo soy tu empleada.

—Por supuesto que lo es.

Habló con más brusquedad de la que le habría gustado, pero ¿qué sentido tenía seguir fingiendo? Lo que había dicho antes, lo había dicho en serio. Había algo en ella que lo había conmovido hasta hacerle superar su habitual contención. La consideraba mucho más que una empleada.

Sus mejillas se habían sonrojado, haciéndola aún más bella. Abrió la boca para decir algo justo en el momento en el que el camarero volvió. Después de que les dejara los platos, solomillo para él y langosta para ella, Chadwick la miró.

—Háblame de ti.

Ella lo miró con recelo.

—Te prometo que no influirá en mi opinión respecto a ti. Seguiré queriendo comprarte cosas bonitas, llevarte a cenar y ofrecerte mi brazo en la gala.

«Porque ahí está tu sitio», pensó, terminando la frase en su cabeza.

Junto a él, en su cama, en su vida.

Serena permaneció callada, así que Chadwick se echó hacia delante y bajó la voz.

–¿Acaso crees que puedo usar lo que me digas contra ti?

Ella se mordió el labio inferior. Resultaba un gesto muy sexy. Todo en ella era sexy.

–Demuéstramelo.

Parecía estarle retando, aunque no parecía una batalla.

–Mi padre me pegaba –dijo él sin mayor dilación–. Incluso una vez, con un cinturón –añadió en voz baja.

Las palabras emanaban desde lo más profundo de su pecho.

Ella abrió los ojos como platos y se llevó la mano a la boca. Verla así le producía sufrimiento, así que cerró los ojos.

Pero fue un error. Podía ver a su padre de pie, a su lado, con un cinturón de piel en la mano, regañándole por haber sacado un aprobado raspado en matemáticas. Luego oyó el cinturón volar por el aire antes de sentir el latigazo en la espalda. A continuación, la sangre deslizándose por su costado. Hardwick no había dejado de repetirle una y otra vez que un futuro presidente tenía que saber matemáticas.

Eso era lo único que Chadwick había sido siempre: el futuro presidente de la cervecera Beaumont. Era el número once. Había sido la única vez que Hardwick Beaumont le había dejado una marca, y todavía tenía la cicatriz.

De eso hacía mucho tiempo. Era como si formara parte de otra vida. Pensaba que había enterrado aquel recuerdo, pero ahí seguía, y todavía le causaba un gran dolor. Había pasado toda su vida intentando hacer lo que su padre quería por miedo a recibir otra paliza, pero ¿qué había conseguido? Un matrimonio fracasado y una compañía que estaba a punto de perder.

Hardwick ya no podía hacerle daño.

Abrió los ojos y miró a Serena. Estaba pálida y había cierto miedo en sus ojos. Vio a la mujer en la que confiaba completamente.

–Lo hacía cuando no cumplía las expectativas. Según tengo entendido, nunca pegó a sus otros hijos, solo a mí. Me quitaba los juguetes, echaba a mis amigos, me encerraba en mi habitación… Y todo, porque tenía que ser todo un perfecto Beaumont para hacerme cargo de su compañía.

–¿Cómo pudo hacer eso?

–Para él, no era un hijo, sino un empleado. Y, al igual que tú, nunca se lo he contado a nadie, ni siquiera a Helen. No quiero que la gente se compadezca de mí.

Pero se lo había contado a ella porque sabía que nunca se lo echaría en cara, al contrario que Helen. Cada vez que hubieran discutido, ella se lo habría soltado a la cara convencida de que podía usar su pasado para controlarlo.

Serena no lo manipularía así, y él tampoco lo haría con ella.

–Así que, cuéntamelo –dijo recostándose en su silla.

Ella asintió. Seguía pálida, pero entendía lo que le estaba pidiendo.

–¿Qué parte?

–Todo.

Y eso fue precisamente lo que hizo.

Capítulo Ocho

Serena se aferró al brazo de Chadwick mientras subían la alfombra de los escalones del Museo de Arte de Denver ante los fotógrafos. La inestabilidad de sus pasos se debía en parte a los tacones. Además, Chadwick avanzaba a grandes zancadas y le costaba caminar manteniendo su ritmo. Pero también tenía algo que ver con lo insegura que se sentía. Le había contado historias de su infancia, como aquella vez en que su madre y ella habían pasado tres noches en un refugio solo para mujeres porque su padre no quería que durmieran en plena calle en invierno. También le había hablado de cuando su profesora de cuarto curso, la señora Gurgin, se había reído de ella por llevar ropa usada, de cuando se mudaban en mitad de la noche y de los restos de comida de la cafetería que su madre le daba de cena.

Nunca antes le había hablado a nadie de aquello, ni siquiera a Neil.

Por su parte, él le había contado cómo su padre había controlado toda su vida, imponiéndole crueles castigos. Era evidente el sufrimiento que latía bajo la superficie, a pesar de que él actuara como si fuera agua pasada. Ni todo el dinero del mundo había conseguido proteger a Chadwick.

Serena se llevó la mano al vientre. No permitiría que nadie tratara a su hijo así. Haría todo lo que estuviera en su mano para evitar que pasara frío o hambre, o que tuviera que preocuparse por cuál sería su próxima comida.

Entraron en el Museo de Arte. Serena trató de calmarse y olvidar los horrores que Chadwick le había contado, así como la vergüenza de compartir la historia de su vida con él. Conocía muy bien aquel sitio. Había acudido a todas las galas que se habían celebrado en el museo en los siete años anteriores y había participado en la organización de la fiesta. Sabía dónde estaba cada galería y dónde se servía la comida, además del champán.

No, nada de champán para ella esa noche. No había motivo para sentir pánico. Tenía que mantener la calma. Simplemente llevaba un vestido excesivamente caro, tacones de nueve centímetros de altura y una fortuna en joyas. Por no mencionar que estaba embarazada y tenía una cita con su jefe.

Sí, desde luego que le vendría bien una copa de champán en aquel momento.

–¿Estás respirando? –le preguntó Chadwick hablándole al oído.

Serena respiró hondo y sonrió.

–Sí.

Le apretó la mano con el brazo en un gesto que a Serena le resultó tranquilizador.

–Muy bien, sigue haciéndolo.

Eran casi las diez de la noche. Después de empezar a compartir historias durante la cena, había resultado difícil parar. Serena se había sentido mortificada por lo que le había contado a Chadwick, a la vez que aliviada. Había enterrado aquellos secretos, pero no había conseguido olvidarlos. Habían perdurado en el tiempo, aterrorizándola como si se tratara de un monstruo bajo su cama.

En algún momento de la cena, había conseguido relajarse. La comida había sido fabulosa y había sido capaz de disfrutar de la compañía de Chadwick.

En aquel momento, acababan de llegar a la gala un poco más tarde de lo que tenían pensado. La gente no dejaba de reparar en ellos mientras hacían su entrada en el salón principal. Veía cabezas volviéndose para mirarlos y oía los murmullos.

Vaya, aquella no había sido una buena idea.

Le gustaba su vestido negro porque pasaba desapercibido, algo que Mario había descartado. Estando allí, en medio de la multitud, con aquel vestido azul, deseó haberse puesto el negro. No dejaban de mirarla.

Una mujer con un impresionante vestido rojo, a juego con su melena pelirroja, se separó de su grupo justo en el momento en el que Serena y Chadwick llegaban al centro del salón. Serena deseó excusarse y dirigirse a los aseos, pero se contuvo. Las reinas no se escondían en los baños.

–Aquí estás, por fin –dijo la mujer, besando a Chadwick en la mejilla–. Empezaba a pensar que no ibas a venir y que Matthew y yo íbamos a tener que ocuparnos solos de Phillip.

Serena suspiró aliviada. Debería haber reconocido a Frances Beaumont, la hermanastra de Chadwick. Era muy conocida en la cervecera, gracias a las rosquillas de los viernes. Una vez al mes, ella misma repartía rosquillas entre los empleados.

Frances era una mujer con chispa, gracias a su ingenio, su bondad y su sentido del humor.

A diferencia del resto de la gente, Chadwick no parecía relajarse cuando estaba cerca de su medio hermana. Se quedó rígido, como si estuviera pasando una inspección.

–Nos hemos entretenido. ¿Cómo está Byron?

Frances agitó la mano en el aire, mientras Serena se preguntaba quién sería Byron.

–Curándose de sus heridas en Europa. Creo que anda por España.

Frances suspiró, como si aquello le doliese, pero no dijo nada más.

Chadwick asintió, como si de alguna manera estuviera de acuerdo en no hablar de Byron.

–Frannie, ¿te acuerdas de Serena Chase, mi secretaria?

Frances la miró de arriba abajo.

–Claro que me acuerdo de Serena, Chadwick –dijo y saludó a Serena con un abrazo–. Llevas un vestido fabuloso. ¿Dónde lo has comprado?

–En Neiman.

–Mario, ¿me equivoco?

–Buen ojo.

–Por supuesto, querida. Es un requisito cuando te dedicas a comerciar con antigüedades.

–Su vestido es espectacular.

Serena no pudo evitar preguntarse cuánto costaría. ¿Tenía delante miles de dólares en terciopelo rojo y rubíes? Lo único bueno era que, al lado de Frances Beaumont vestida así, nadie más repararía en Serena Chase.

Chadwick carraspeó. Alzó la vista y se encontró

con su sonrisa. Bueno, nadie repararía en ella salvo él.

—¿Dices que Phillip ya está borracho? —preguntó dirigiéndose a su hermana.

—No, todavía no, pero estoy segura de que antes de que acabe la noche, dará cuenta de tres o cuatro botellas de buen material —e inclinándose hacia delante, añadió en tono de conspiración—: Ya sabes lo insoportable que se pone.

Chadwick puso los ojos en blanco.

—Lo sé.

Serena rio, sintiéndose aliviada.

Frances se puso seria y borró la sonrisa de sus labios.

—Chadwick, ¿has pensado en aportar más fondos a mi página de subastas?

Chadwick emitió un gruñido de desaprobación, lo que ensombreció la expresión de Frances.

—¿Qué página de subastas? —preguntó Serena sin poder evitarlo.

—Como anticuaria, trabajo con mucha de la gente que hay en este salón —respondió Frances—. Algunos clientes prefieren ahorrarse la comisión de la casa de subastas Christie´s en Nueva York, pero tampoco están dispuestos a caer en el nivel de eBay.

Vaya. Serena había comprado unas cuantas cosas en subastas en línea.

—Así que —continuó Frances sin percatarse del impacto que sus palabras provocaban en Serena—, voy a crear una nueva empresa llamada Beaumont Antiquities que mezcle el prestigio de una casa de subastas tradicional con el poder de las redes sociales. Tengo unos socios que se están ocupando de los aspectos técnicos de la plataforma, mientras yo aportó el nombre y mis contactos –dijo y, volviéndose a Chadwick, añadió–: Va a ser un éxito. Es tu oportunidad de empezar desde cero. Y nos vendría bien el prestigio del gran empresario Chadwick Beaumont para conseguir más financiación. Piénsalo. Se trata de una empresa Beaumont sin que tenga nada que ver con la cerveza.

–Me gusta el mundo de la cerveza –replicó Chadwick.

Por su tono de voz, parecía sentirse herido, como si Frances acabara de decirle que su trabajo no merecía la pena.

–Ya sabes a lo que me refiero.

–Siempre haces lo mismo, Frannie, te lanzas a cualquier nueva idea sin pararte a pensar dos veces. ¿Una página web de subastas de arte? No me parece muy buena idea. Si estuviera en tu lugar, me saldría ahora antes de perderlo todo otra vez.

Frances se puso rígida.

–No lo he perdido todo, muchas gracias.

Chadwick le dirigió una mirada paternal.

–¿Cuántas veces te he tenido que ayudar? –preguntó, y se quedó mirándola–. Lo siento. Quizá esta vez sea un éxito. Te deseo buena suerte.

–Por supuesto, eres un buen hermano. Somos Beaumont y tú eres el único que sabe comportarse. Bueno, tú y Matthew. Vosotros sois formales mientras que el resto somos unos vagos –dijo con un brillo de decepción en la mirada–. Hablando del rey de Roma, aquí está Phillip.

Antes de que Serena pudiera volverse, sintió un

roce en su brazo desnudo. Entonces, Phillip Beaumont la rodeó, sin dejar de tocarla. Era un par de centímetros más bajo que su hermano y llevaba un esmoquin sin pajarita que lo hacía parecer desaliñado y despreocupado, tal y como lo describían en la prensa. A diferencia de Chadwick que era castaño, Phillip era rubio.

Tomó la mano de Serena y se inclinó.

–*Mademoiselle* –dijo, llevándosela a los labios.

Un escalofrío la recorrió. No le caía bien Phillip, fuente de interminables problemas para Chadwick, pero Frances tenía razón: era encantador.

Se quedó mirándola y sonrió, consciente del efecto que provocaba en Serena.

–¿De dónde ha salido esta mujer tan cautivadora? O lo que es más importante: ¿qué haces de su brazo?

Phillip solía ir con regularidad a la oficina para reunirse en la oficina con sus hermanos en su calidad de director de promociones especiales. Había hablado cara a cara con él en numerosas ocasiones.

–Phillip, seguro que recuerdas a Serena Chase, mi secretaria –intervino Chadwick.

Si Phillip se apuró por no haberla reconocido, no dio muestras de ello. Ni siquiera apartó la mirada de ella. En vez de eso, le dirigió una sonrisa con la que probablemente conseguía llevarse a muchas mujeres a la cama. Serena tenía que reconocer que se sentía un poco atraída por su magnetismo animal.

–¿Cómo olvidar a la señorita Chase? Es simplemente –añadió inclinándose hacia ella–, inolvidable.

Desesperada, Serena miró a Frances, que se encogió de hombros.

–Ya está bien –explotó Chadwick.

Si Chadwick hubiera hablado así a cualquier otra persona, esta se habría puesto a cubierto. Pero Phillip no. Ni siquiera parecía alterado. Incluso se atrevió a guiñarle un ojo antes de volver a besarle la mano. Chadwick se puso rígido y temió que fuera a organizarse una pelea.

De repente, Phillip le soltó la mano y se volvió hacia su hermano. Serena suspiró aliviada. Con razón tenía aquella reputación de mujeriego.

–Por cierto, me he comprado un caballo.

–¿Otro? –dijeron Frances y Chadwick al unísono.

–No puedes hablar en serio.

Chadwick parecía a punto de… estrangularlo.

–Supongo que este no te habrá costado solo mil –añadió.

–Chad, escucha. Este es un caballo *Akhal-Teke*.

–¿Un qué? –preguntó Chadwick, aferrándose desesperado a la mano con la que Serena lo tomaba del brazo–. ¿Cuánto?

–Es una raza prácticamente en extinción –explicó Phillip–. Solo hay unos cinco mil en todo el mundo. Es de Turkmenistán.

Serena parecía estar en un partido de tenis. No paraba de mover la cabeza de un hermano a otro.

–Eso está en Asia, cerca de Afganistán, ¿no?

Phillip le dirigió otra mirada seductora, acompañada de una sonrisa.

–Guapa e inteligente. Chadwick, tienes suerte.

–Te juro que…

–La gente está mirando –intervino Frances con tono cantarín.

Luego, miró a Serena buscando ayuda y rio fingiendo estar bromeando.

Serena rio también. Ya había oído a Chadwick y a Phillip discutir en otras ocasiones, siempre al otro lado de la puerta cerrada del despacho, nunca delante de ella ni de nadie más.

Era la primera vez que Phillip parecía sentirse amenazado. Dio un paso atrás y levantó las manos a modo de rendición.

–Como te decía, se trata de un *Akhal-Teke*. Es una raza que criaban los árabes. Son poco comunes. En este país solo hay unos quinientos, y la mayoría proviene de Rusia. Pero Kandar´s Golden Sun, no.

–*Gesundheit* –murmuró Frances.

Desesperada, miró a Serena y ambas volvieron a reír.

–Es de Turkmenistán. Es un caballo increíble.

Chadwick se apretó el puente de la nariz.

–¿Cuánto?

–Solo siete.

Phillip sacó pecho, como si estuviera orgulloso del precio.

–¿Siete mil o setecientos mil?

Serena se contuvo. Siete mil no parecía demasiado por un caballo. Pero ¿setecientos mil? Eso era mucho dinero.

Phillip no contestó. Retrocedió un paso y su sonrisa se volvió más forzada.

Chadwick dio un paso al frente.

–¿Cuánto?

–Ya sabes, hubo un *Akhal-Teke* que llegó a costar

cincuenta millones, el más caro de la historia, aunque eso fue en 1986. Kandar´s Golden Sun…

Eso fue todo lo que pudo decir. Chadwick lo interrumpió elevando la voz.

–¿Te has gastado siete millones en un caballo mientras yo me dejé la espalda para evitar que la compañía se venda a los lobos?

De repente, todo se detuvo en la fiesta: la música, las conversaciones, el ir y venir de los camareros sirviendo champán…

Alguien se acercó raudo y veloz hasta ellos. Era Matthew Beaumont.

–Caballeros –dijo sin apenas aliento–, estamos celebrando una gala benéfica.

Serena tomó a Chadwick del brazo y tiró suavemente de él.

–¡Qué chiste tan bueno, Phillip! –exclamó en voz alta.

Frances le dirigió una mirada cómplice y asintió.

–Chadwick, me gustaría presentarte a la directora del banco de alimentos, Miriam Young.

No sabía dónde estaba en aquel momento la señorita Young, pero estaba segura de que querría hablar con Chadwick.

–Phillip, ¿te he presentado a mi amiga Candy? –continuó Frances, tomando a su hermano del brazo y llevándoselo en la dirección contraria–. Está deseando conocerte.

Los dos hermanos permanecieron unos segundos más en aquella actitud, mirándose desafiantes. Phillip parecía estar buscando que Chadwick le diera un puñetazo delante de la flor y nata de la sociedad de Denver.

Luego se apartaron. Matthew se colocó al otro lado de Chadwick, decidido a acompañarlo hasta donde estaba la directora. Serena tuvo la sensación de que lo hacía para impedir que saltara sobre su hermano.

—Serena —dijo Matthew—, buen trabajo. Hasta el momento, la noche está siendo un éxito. Espero que no lo estropee ninguna pelea.

—Estoy bien —dijo Chadwick, aunque no lo parecía—. Estoy perfectamente.

—Creo que no —murmuró Matthew, dirigiéndolos hacia una de las galerías del museo—. ¿Por qué no tomas algo? Espera aquí —dijo, y dejó a Chadwick junto ante la estatua de Remington—. No te muevas, ¿de acuerdo? —añadió mirando a Serena.

Ella asintió.

—Yo me ocupo de él.

Al menos, confiaba en poder hacerlo.

Capítulo Nueve

Chadwick estaba muy enfadado.

–¿Cómo ha podido? –murmuró–. ¿Cómo ha podido gastar tanto dinero en un caballo sin medir las consecuencias?

–Porque él no es como tú –contestó una suave voz femenina a su lado.

Aquella voz lo tranquilizó y poco a poco fue recuperando la calma. Serena estaba a su lado. Estaban en una sala vacía, frente a una de las esculturas de Remington.

Ella tenía razón. Hardwick nunca había esperado nada de Phillip. Ni siquiera le prestaba atención, salvo cuando hacía algo extravagante.

Como comprar un caballo del que nadie había oído por siete millones de dólares.

–Recuérdame otra vez por qué me parto la espalda para que mi hermano dilapide la fortuna familiar en caballos y mujeres o para que Frances meta dinero en un proyecto condenado al fracaso antes incluso de iniciarlo. ¿Es que lo único que se me da bien es poner dinero a su disposición?

Unos dedos delicados se entrelazaron a los suyos.

–Quizá –dijo Serena con voz suave– no sea necesario que te dejes la piel en el trabajo.

Chadwick se volvió hacia ella. Estaba contemplando la estatua como si fuera la cosa más interesante del mundo.

Phillip había hecho lo que le había dado la gana desde niño. Daba igual qué notas sacara, qué amigos tuviera o cuántos deportivos destrozara. A Hardwick no le importaba. Lo único que le importaba era Chadwick.

–Yo… No sé de qué otra manera llevar la compañía. Me educaron para esto.

Serena ladeó la cabeza, concentrada en la figura de bronce.

–Tu padre murió mientas estaba trabajando, ¿verdad?

–Sí.

Hardwick se había desplomado en mitad de una reunión y había muerto de un ataque al corazón antes de que la ambulancia llegase. Lo cual, en opinión de Chadwick, era mucho mejor que haber muerto en brazos de alguna de sus amantes.

Ella ladeó la cabeza en la otra dirección, aferrándose a su mano, pero sin mirarlo.

–Prefiero tenerte vivo.

–¿Ah, sí?

–Sí –contestó lentamente, como si tuviera que pensar la respuesta–. Claro que sí. Hace unos días me contaste que querías tener un negocio propio, algo exclusivamente tuyo, no de la familia ni de la compañía. Luego, gastaste Dios sabe cuánto en todo lo que llevo –dijo, y sonrió con picardía–. Esto es lo mismo, salvo por algunos ceros de diferencia.

–Yo no necesito gastar dinero para ser feliz.

–Entonces, ¿por qué llevo una fortuna en ropa? No lo había hecho porque le hiciera feliz. Lo había hecho para verla así de guapa, para ver aquella bonita sonrisa que siempre lucía cuando iba vestida de tiros largos, para comprobar que todavía podía satisfacer a una mujer.

Lo había hecho para hacerla feliz. Era eso lo que le hacía feliz a él.

—Cuando quieres –dijo Serena mirándolo por el rabillo del ojo–, eres un hombre tremendamente terco, Chadwick Beaumont.

—Así que se nota.

—¿Qué es lo que quieres?

«A ti»

Hacía años que la deseaba. Pero él no era como Hardwick Beaumont y no había querido seducirla.

Aunque ahora sí lo estaba haciendo. Estaba caminando sobre la fina línea que separaba la corrección y el comportamiento inmoral y poco ético.

Lo que quería por encima de todo era cruzar esa línea.

Ella se quedó mirándolo a la espera de una respuesta. Al ver que no decía nada, suspiró.

—Los Beaumont son gente inteligente, ya sabes. Aprenderán a sobrevivir. No tienes por qué protegerlos. No trabajes para ellos. Nunca te lo agradecerán porque no aprecian el valor del dinero –dijo, y le acarició la mejilla–. Haz algo que te haga feliz, lo que quieras.

¿Se daba cuenta de lo que le estaba diciendo? Sí, seguramente sí. La manera en que entrelazaba los dedos con los suyos, su palma acariciándole la mejilla y sus oscuros ojos marrones mirándolo, le transmitían una paz que no recordaba haber sentido nunca.

Lo que quería era irse de aquella fiesta, llevarla a su casa y hacerle el amor durante toda la noche. Tenía que saber que era ella lo que deseaba, a pesar de su embarazo, de que fuera su empleada y de que todavía no estuviera divorciado.

¿Le estaba dando permiso? No podía arrastrar a su secretaria a una relación sexual; él no era así.

Quería su permiso, lo necesitaba.

–Serena…

–Ya estamos aquí.

Matthew entró en la sala, seguido de Miriam Young, la directora del banco de alimentos de las Montañas Rocosas, y un camarero con una bandeja de copas de champán.

–¿Cómo va todo? –preguntó, dirigiendo una mirada significativa a Serena.

Ella apartó la mano de la mejilla de Chadwick.

–Bien –respondió y esbozó una de sus bonitas sonrisas.

Matthew hizo las presentaciones y Serena rechazó educadamente el champán. Chadwick estaba distraído. No dejaba de dar vueltas en su cabeza a lo que le había dicho.

«No trabajes para ellos, trabaja para ti. Haz lo que te haga feliz».

Serena tenía razón. Había llegado el momento de hacer lo que quería.

Había llegado la hora de seducir a su secretaria.

Dos horas de pie con aquellos tacones de diez centímetros estaban resultando más difícil de lo que había imaginado. No paraba de cambiar el peso de una pierna a otra mientras Chadwick y ella conversaban con millonarios, gobernadores, senadores y directores de fundaciones. La mayoría de los hombres llevaba esmoquin, como Chadwick, y las mujeres vestidos largos, así que no desentonaban.

Chadwick se había recuperado del incidente con Phillip. Serena quería creer que algo había tenido que ver la conversación que habían mantenido, cuando le había dicho que hiciera lo que quisiera y él la había mirado como si lo único que quisiera fuera a ella.

Sabía que había muchas razones para no desearlo. Pero estaba cansada de esas razones, de pensar que no podía ni debía.

Así que apartó aquellos pensamientos y se concentró en el daño que le hacían aquellos bonitos zapatos. Eso le ayudaba a pensar en el aquí y ahora.

Sin tener en cuenta los zapatos, la noche estaba siendo maravillosa. Chadwick la había presentado como su secretaria, pero no le había quitado la mano de la cintura en todo el tiempo. Nadie había dicho nada, a pesar de que algunos la habían mirado con extrañeza. Probablemente se debía más a la reputación de Chadwick que a otra cosa, pero no pensaba cuestionárselo. Incluso sin champán, había sido capaz de mantener charlas fluidas con unos y con otros.

Se lo estaba pasando mucho mejor que cuando había ido con Neil. En las galas de otros años, se había limitado a beber champán y a observar desde un rincón a los asistentes, en vez de relacionarse. Neil siempre hablaba con mucha gente, a la búsqueda de nuevos patrocinadores para sus partidos de golf, pero ella nunca se había sentido parte de la fiesta.

Esta vez, Chadwick la había hecho sentirse cómoda. Aunque no estaba segura de si encajaría con las altas esferas, no se había sentido como una intrusa.

La velada estaba tocando a su fin y los asistentes empezaban a marcharse. No había visto marcharse a Phillip, pero no sabía por dónde andaba. Frances hacía una hora que se había marchado. Matthew era el único miembro de la familia que andaba por allí y estaba conversando con personal del catering.

Chadwick se despidió del director del hospital Centura con un apretón de manos y se volvió hacia ella.

–Te molestan los zapatos.

No quería parecer una desagradecida, pero apenas sentía los dedos de los pies.

–Un poco.

Chadwick esbozó una cálida sonrisa. Durante toda la noche, solo ella había sido la destinataria de aquella atención.

La tomó por la cintura y la condujo hacia la salida.

–Te llevaré a casa.

Ella sonrió.

–No te preocupes, no le he pedido a nadie más que me lleve.

–Bien.

El aparcacoches trajo el Porsche de Chadwick, pero fue él el que le abrió la puerta. Después, condujo a buena velocidad por la autopista, como si tuviera prisa por llevarla a casa.

El trayecto fue breve y ninguno dijo nada. ¿Qué iba a pasar a continuación? ¿Qué quería ella que pasara a continuación? Y lo que era más importante: ¿hasta dónde estaba dispuesta a llegar?

Quería que aquella noche perfecta tuviera un final perfecto. Quería pasar la noche con él, acariciar su cuerpo y sentirse bonita y deseable. No quería pensar en embarazos, trabajo o exparejas. Era sábado por la noche y estaba elegantemente vestida. Ya volvería el lunes a la normalidad. Se pondría su traje, seguiría las reglas y se olvidaría de cómo las caricias de Chadwick le habían hecho sentir algo que estaba convencida que no necesitaba.

Enseguida se detuvieron en su apartamento. El Porsche destacaba entre los demás coches del aparcamiento. Serena fue a abrir la puerta, pero él la sujetó del brazo.

—Permíteme.

Salió del coche, le abrió la puerta y le ofreció la mano. Serena aceptó su ayuda y se bajó.

Se quedaron de pie, uno junto al otro.

Chadwick tiró de su mano y la atrajo hacia él. Serena lo miró a los ojos. Se sentía un poco mareada, y eso que no había bebido champán. Durante toda la noche, solo había tenido ojos para ella, a pesar de que habían estado rodeados de mucha gente.

En aquel momento, estaban solos en medio de la oscuridad.

Chadwick alzó la mano y le acarició la mejilla con los dedos. Al sentir su roce, Serena cerró los ojos.

116

–Te acompañaré a la puerta –dijo con voz grave.

Volvió a rozarle la mejilla con un pequeño movimiento, parecido a las caricias del lunes.

Pero esta vez era diferente. Todo era diferente.

Aquel era el momento, tenía que tomar una decisión. No quería que el sexo con Chadwick fuera una de esas cosas que pasan por casualidad, como su embarazo. Estaba al mando de su vida y era ella la que tomaba las decisiones.

Podía darle las gracias y despedirse de él hasta el lunes. Luego, entraría en su apartamento, cerraría la puerta y…

Quizá no volviera a tener otra oportunidad de estar con Chadwick.

Tomó la decisión, decidida a no arrepentirse.

Abrió los ojos. Chadwick estaba a centímetros de ella, simplemente a la espera.

No podía hacerle esperar más tiempo.

–¿Quieres pasar?

–Solo si puedo quedarme –susurró.

Entonces, Serena lo besó. Se puso de puntillas y apretó sus labios contra los de él. Nada de esperar a que él diera el primer paso.

Aquello iba a ocurrir porque ella quería. Hacía años que lo deseaba y estaba harta de esperar.

–Me gustaría.

A continuación, la tomó en brazos y cruzó la puerta.

–Sé que te duelen los pies –dijo él sonriendo al ver su mirada inquisitiva.

Ella lo rodeó con los brazos por el cuello y se aferró a él mientras subían los escalones. La llevaba como si fuera una de aquellas delgadas mujeres

117

de la fiesta en vez de alguien con un cuerpo robusto que ganaba peso por días. Claro que había visto sus músculos unos días antes. Si había alguien capaz de cargar con ella, ese era él. Sintió su pecho cálido y fuerte contra su cuerpo.

Los pezones se le endurecieron bajo el vestido y sintió tensión en la entrepierna. Sí, lo deseaba. Pero aquello era mucho más intenso de lo que había sentido estando con Neil.

Apenas habían pasado tres meses desde la última vez que había tenido sexo con Neil. Ese era el tiempo que llevaba embarazada. Pero no había sentido la excitación sexual del deseo desde mucho tiempo antes. No recordaba la última vez que se había sentido tan excitada solo de pensar en sexo. Quizá fueran sus hormonas revolucionadas, o quizá se lo provocaba Chadwick. Quizá siempre le había provocado aquello, pero se había obligado a ignorar aquella atracción porque enamorarse de su jefe no era lo más adecuado.

La dejó junto a la puerta para que sacara la llave del diminuto bolso que llevaba, pero no la soltó. La tomó de las caderas y atrajo su espalda hacia él. No hablaron nada, pero el bulto que sentía contra su trasero decía muchas cosas.

Abrió la puerta y entraron. Se quitó los zapatos y, de repente, Chadwick le sobrepasaba diez centímetros más en altura. Seguían sin soltarla, con las manos en sus caderas. Se estaba aferrando a ella de una manera posesiva. Era como si no tuviera suficiente de ella y no pudiera evitarlo.

Sí, eso era lo que necesitaba: que la deseara tanto que no pudiera controlarse.

Chadwick se echó hacia delante.

–Llevo años esperándote –susurró junto a su oído.

Su voz sonó temblorosa por el deseo. Volvió a tirar de ella. No había ninguna duda de lo que era aquel bulto prominente.

–Años, Serena –repitió.

–Yo, también –dijo y deslizando la mano hacia atrás acarició su erección–. ¿Es esto por mí?

–Sí.

Chadwick soltó su cadera y deslizó la mano hasta uno de sus pechos. A pesar del sujetador, encontró el pezón endurecido y empezó acariciarlo.

–Te mereces ir despacio, pero ahora mismo te necesito desesperadamente.

Como si quisiera demostrarlo, acercó la boca a su cuello y la mordió suavemente. La sensación de estarse consumiendo por el deseo la invadió. Sus rodillas empezaron a doblarse.

–Ya lo haremos despacio más tarde –dijo ella, frotando el trasero contra él.

Chadwick soltó un gemido y se apartó. Serena estaba a punto estuvo de darse la vuelta cuando sintió que sus manos le bajaban la cremallera. El vestido se deslizó desde el hombro y cayó suavemente al suelo.

Por suerte, no llevaba ningún tipo de faja. Mario había elegido un vestido suelto para el cual no hacía falta, y le había mandado un tanga a juego con el sujetador. Lo cual implicaba que Chadwick tenía ante él todo un paisaje. No sabía si contonearse o darse la vuelta para que no viera su trasero.

Apartó el vestido a un lado y Chadwick jadeó.

–Serena –susurró acariciándole la espalda desnuda–, eres impresionante.

Se inclinó y la besó en la unión del cuello con el hombro.

Serena decidió contonearse. Cohibirse era lo peor para disfrutar del buen sexo. Se apartó de él antes de perder capacidad de decisión.

–Por aquí –dijo mirándolo por encima del hombro mientras enfilaba hacia el dormitorio, balanceando las caderas.

Chadwick emitió un sonido que interpretó como un cumplido, antes de seguirla.

Se dirigía a la cama, cuando la detuvo tomándola de nuevo por las caderas.

–Eres mejor de lo que pensaba –dijo deslizando las manos bajo el encaje del tanga, antes de bajárselo por las piernas–. Siempre había soñado con tenerte así.

–¿Así cómo?

Con destreza, le desabrochó el sujetador y lo apartó a un lado. Estaba completamente desnuda ante él.

La empujó hacia delante, pero no en dirección a la cama sino a la cómoda que tenía un gran espejo encima.

Serena contuvo la respiración al ver la estampa. Ella, desnuda, y él todavía con el esmoquin, destacando por encima de ella.

–Así, como ahora.

Agachó la cabeza y volvió a besarla en el cuello, justo debajo de la oreja.

–¿Te parece bien? –murmuró él junto a su piel.

–Sí.

Serena no podía apartar la vista de su reflejo en el espejo. Su piel pálida destacaba frente a lo oscuro del esmoquin. Sus brazos rodeaban su cuerpo y sus manos envolvían sus pechos.

La excitación que sentía en su entrepierna se estaba volviendo difícil de soportar.

–Sí –dijo de nuevo, levantando un brazo por encima de su cabeza para hundir los dedos en el pelo de Chadwick–. Me parece muy bien.

–Bien, Serena, bien.

Sin el sujetador, podía sentir la punta de sus dedos acariciando sus pezones hasta endurecérselos por el placer.

Gimió y echó la cabeza hacia atrás hasta apoyarla en su hombro.

–Me gusta –susurró.

Chadwick deslizó su otra mano más abajo. Esta vez, no se detuvo en su vientre. Su mano siguió bajando por encima del vello púbico hasta su punto más sensible.

–Oh, Chadwick –jadeó.

Él comenzó a trazar pequeños círculos con los dedos a la vez que le acariciaba el pezón con la otra mano y le mordisqueaba el lóbulo de la oreja. Seguía sintiendo su miembro erecto contra ella.

Se le doblaron las rodillas, pero no hubo consecuencias. Él la sujetó por su húmeda entrepierna a la vez que le pasaba el brazo por debajo de los pechos.

–Apóyate en la cómoda.

La voz de Chadwick temblaba tanto como sus rodillas, lo que le provocó una sonrisa. La estaba llevando al límite, pero estaba decidida a que lo acompañara.

–No cierres los ojos.

–Por supuesto que no –dijo ella inclinándose hacia delante y sujetándose a la cómoda–. No quiero perderme lo que me vas a hacer.

Su expresión era de puro deseo al mirarla a través del espejo. Le introdujo un dedo, pero a Serena no le pareció suficiente. Necesitaba más.

–Ya estás lista.

Luego sintió que se apartaba y lo vio bajarse la cremallera del pantalón.

–La próxima vez, eso te lo haré yo.

–Cuando quieras desnudarme, solo tienes que decírmelo. Espera, ¿de acuerdo?

Lo vio sacar un preservativo del bolsillo de la chaqueta. Aunque ya estaba embarazada, le agradó aquella medida de protección.

Se puso el preservativo y se acercó a ella. Serena se estremeció a la espera de sentir su contacto. Chadwick se echó hacia delante y la besó en la espalda, al mismo que se hundía en ella.

Serena contuvo la respiración al sentir que la penetraba. A través del espejo, sus ojos se clavaron en los de él mientras lo sentía dentro. Apenas podía soportarlo.

–Oh, Chadwick.

El inesperado orgasmo la sacudió con mucha fuerza, y él se aferró a ella.

–Sí, eres preciosa, Serena.

La tomó de las caderas hasta casi salir de ella y volvió a embestirla de nuevo.

–¿Estás bien? –le preguntó.

–Mejor que bien –respondió, contoneándose contra él.

El descaro de sus propios movimientos la sorprendió. ¿De veras estaba teniendo sexo con Chadwick Beaumont, allí, delante del espejo?

Por supuesto que sí, y era lo más excitante que había hecho en su vida.

—Qué traviesa —dijo él con una sonrisa.

De repente, él se puso serio. Desde donde estaba Serena, no podía ver cómo se encontraban sus cuerpos. Solo veía sus manos cuando le tomaba los pechos o cuando deslizaba los dedos por su entrepierna para acariciarla, además del deseo en sus ojos cada vez que se inclinaba para besarla en el cuello y sus miradas se encontraban.

Se sujetó a la cómoda como si su vida dependiera de ello, mientras Chadwick la embestía con más fuerza.

—Te deseo —dijo tomándola de la cintura mientras la empujaba con las caderas—. Siempre te he deseado.

—Sí, así —dijo ella jadeando al ritmo de sus embestidas.

No recordaba haberse sentido nunca tan excitada.

—Voy a… Estoy…

Otro orgasmo interrumpió sus palabras y lo único que pudo hacer fue jadear de puro deseo.

Pero no cerró los ojos. Le resultaba muy excitante verse junto a él.

Un rugido escapó del pecho de Chadwick mientras la embestía una vez más. Luego, su rostro se estremeció de placer antes de dejarse caer sobre ella, ambos jadeando.

—Mi Serena.

—Mi Chadwick —replicó ella, consciente de que así era.

Ahora, era suya y él de ella.

Aunque no era así, no podía serlo. Él seguía casado y seguía siendo su jefe. Un explosivo encuentro sexual no cambiaba esa realidad.

Pero esa noche era suyo.

Ya vendrían los problemas al día siguiente.

Capítulo Diez

Chadwick se tumbó en la cama de Serena. Sentía los párpados pesados y el cuerpo relajado.

Serena. ¿Cuánto tiempo hacía que soñaba con inclinarla sobre su mesa y penetrarla por detrás? Años. Pero delante del espejo, mientras lo contemplaba...

Había sido increíble.

Ella regresó y cerró la puerta tras ella. Llevaba el pelo suelto, cayendo en ondas sobre sus hombros. Siempre lo llevaba recogido. A través de la tenue luz que se filtraba por las cortinas, adivinó la silueta de su cuerpo desnudo. Aquel cuerpo le provocaba una reacción que no pensaba que todavía fuera capaz de sentir. Hacía tanto tiempo...

–¿Necesitas algo? –preguntó Serena.

–A ti –respondió, tendiéndole la mano–. Ven aquí.

Se metió en la cama y se acurrucó a su lado.

–Ha sido... increíble.

Sonriendo, Chadwick la atrajo y la besó. Fue un beso largo, como si no tuviera suficiente de ella. La sensación de tenerla en sus manos, contra él... Era toda una mujer. Había llevado tres preservativos por si acaso. Los dos restantes los tenía al alcance de la mano, en la mesilla de noche.

Fue él quien rompió el beso.

–Umm. ¿Chadwick?

–¿Sí?

Serena comenzó a dibujar círculos en su pecho, antes de hablar.

–Estoy embarazada.

–Ya hemos hablado de eso.

–¿Por qué no te importa? Me refiero a que todo ha cambiado. Me siento rara y voy a hincharme como un globo. No me siento atractiva.

Chadwick le deslizó una mano por la espalda y le acarició el trasero.

–Eres increíblemente atractiva. Supongo que el que estés embarazada hace que te vea como una mujer más rotunda.

Serena se quedó callada unos segundos.

–Y entonces, ¿por qué no tuviste hijos con Helen?

Él suspiró. No quería hablar de Helen allí. Pero Serena tenía derecho a saber la verdad. Hasta la semana pasada, nunca habían hablado de sus vidas personales. Pero en los últimos días, todo había cambiado completamente.

–¿La conoces? Sí, claro que la conoces.

–La veía en las galas. Nunca iba por la oficina.

–No, nunca. No le gustaba la cerveza, así que tampoco mi trabajo. Lo único que le gustaba era mi dinero.

En parte era culpa suya. Si la hubiera antepuesto a su trabajo, las cosas habrían sido diferentes. Aunque, probablemente, poco habría cambiado. Seguramente, todo habría sido igual.

–Era muy guapa. Muy...

–Era de plástico.

Había sido una mujer bonita, pero con cada operación, cambiaba.

–Se hacía muchos arreglos: liposucciones, Botox… No quería tener hijos porque no quería estar embarazada. No me quería.

Aquella era la cruda realidad. Se había convencido de que quería pasar el resto de su vida con ella, que el suyo sería diferente a los matrimonios de su padre. Por eso había borrado la cláusula referente a la pensión en el acuerdo prematrimonial. Pero no había podido escapar al hecho de que fuera hijo de Hardwick. Lo único que había sido capaz de hacer para diferenciarse de su padre había sido respetar sus votos matrimoniales hasta mucho después de que hubiera algo que respetar.

–Dejamos de compartir habitación hace unos dos años. Hace catorce meses me pidió el divorcio.

–Eso es mucho tiempo –comentó sorprendida–. ¿Querías tener hijos? Me refiero a que entiendo sus motivos, pero…

¿Había querido tener hijos alguna vez? No podía contestar que no lo sabía. Al fin y al cabo, no había tenido otra opción.

–¿No conoces a mi madre, verdad?

–No.

–No hace falta que la conozcas –dijo riendo entre dientes–. A su manera, se parece mucho a Helen. Claro que era lo único que yo conocía: peleas a gritos, semanas en completo silencio… y como yo era el elegido de mi padre, me trataba de la misma forma en que trataba a Hardwick. Para ella yo eché a perder su cuerpo, a pesar de que se hizo una reducción de estómago. Yo era el recordatorio constante de que se había casado con un hombre al que detestaba.

–¿Era eso lo que hacía Helen, gritar?

–No, pero castigarme con su silencio, sí. Con el tiempo las cosas empeoraron. No quería tener un hijo para eso. No quería que un niño se criara con la misma vida que había conocido yo. No quería ser como mi padre.

Sin poder evitarlo, le tomó una mano y se la llevó al costado, allí donde su piel tenía una marca. Serena le acarició la cicatriz. Tampoco era para tanto, se dijo. Era lo que llevaba años repitiéndose. Tan solo un par de centímetros de piel arrugada.

Helen se lo había visto y le había hecho preguntas, pero no había sido capaz de contarle la verdad. Se inventó una mentira acerca de un accidente esquiando.

–Oh, Chadwick –dijo Serena.

Por su voz, parecía al borde de las lágrimas.

No quería compasión. No había motivos para que alguien sintiera compasión por él. Era rico, guapo y pronto volvería a estar soltero. Solo Serena veía algo más en él que su imagen pública.

No quería que sintiera lástima por él, así que siguió hablando mientras seguía acariciándole la cicatriz.

–¿Sabes cuántos medio hermanos tengo?

–Frances y Matthew, ¿no?

–Frances tiene un hermano gemelo, Byron. Y eso con Jeannie. Mi padre tuvo una tercera esposa con la que tuvo dos hijos más: Lucy y David. Johnny, Toni y Mark son de su cuarta esposa. También sabemos que tuvo dos hijos más, uno con una niñera y el otro…

–¿Con su secretaria?

–Sí. Seguramente haya más. Por eso me he resistido a lo nuestro –dijo, y la besó en la frente–, durante tanto tiempo. No quería ser como él. Así que cuando Helen me dijo que quería esperar antes de tener hijos, me pareció bien. Porque eso era diferente a lo que Hardwick había hecho.

Serena dejó de acariciar la cicatriz y siguió dibujando pequeños círculos en su pecho.

–Todos esos son buenos motivos. Los míos fueron más egoístas. No me casé con Neil porque mis padres estaban casados y ese trozo de papel no les aportaba nada ni a ellos ni a mí. Siempre pensé que algún día tendríamos hijos, pero quise esperar hasta que mi economía fuera estable. Cada bono que me has dado, lo he ahorrado. Pensaba que querría tomarme un tiempo, pero la idea de no tener un sueldo todos los meses me asustaba mucho. Así que esperé hasta que lo eché todo a perder –dijo, y respiró hondo–. Y aquí estoy.

–¿Aquí, conmigo?

–Bueno… sí. Quiero decir, soltera, embarazada y acostándome con mi jefe, contraviniendo las estrictas normas de la compañía. Llevo toda mi vida soñando con una vida estable. Estuve con un hombre al que no amaba solo porque me proporcionaba seguridad. Me he quedado en este apartamento, el mismo al que me mudé con Neil hace nueve años, porque podía pagar la renta. Conduzco el mismo coche desde hace seis años porque nunca se ha estropeado. ¿Y ahora…? No estoy en una situación segura. Además, me asusta estar aquí contigo.

Llevaba toda la vida tratando de olvidar una infancia infernal. ¿Acaso era diferente a la que él había conocido? Él se había esforzado por no repetir los pecados de su padre.

Pero allí estaba, acostándose con su secretaria. Y allí estaba ella, poniendo en peligro su medio de vida por meterse en la cama con él.

No, aquello no sería una repetición del pasado. Al menos, no la había dejado embarazada ni la abandonaría, como habría hecho su padre.

–Quiero quedarme aquí contigo, aunque eso complique las cosas. Me haces sentir cosas que no sabía que todavía fuera capaz de sentir. El modo en que me miras… Nunca he sido un hijo ni un marido, solo un empleado y una cuenta bancaria. Cuando estoy contigo, me siento como el hombre que siempre quise ser.

Serena se estrechó contra él.

–Siempre me has hecho sentirme bien. Me has tratado con respeto y me has hecho creer que podía ser mejor que mis padres.

–No te fallaré, Serena –dijo volviéndole la cara para que lo mirara–. Esto complica las cosas, pero te hice una promesa y la cumpliré.

Ella parpadeó. Tenía los ojos vidriosos.

–Sé que lo harás, Chadwick. Supone mucho para mí. Yo tampoco te fallaré.

Lo besó suavemente, un ligero roce que fue la caricia más dulce que había conocido jamás.

El siguiente beso no fue tan delicado. Serena deslizó las piernas por sus muslos y, cuando Chadwick sintió el fuego de su entrepierna, la sangre le hirvió en las venas.

—Serena, te deseo —susurró.

—Yo también te deseo —susurró ella, rodando sobre su espalda—. No quiero mirarte a través del espejo. Quiero mirarte directamente a los ojos.

Chadwick se incorporó y tomó otro preservativo. Rápidamente se lo puso con destreza y se echó sobre sus brazos. Su erección encontró el camino y se hundió en ella.

Serena gimió mientras él se apoyaba sobre un brazo y rodeaba uno de sus pechos con la mano.

—Sí, así.

Pasó el pulgar por el pezón y al instante se endureció. Su pecho era cálido, generoso y natural. Todo en ella era natural: su cuerpo, sus emociones, su honestidad.

Serena le acarició la espalda con las uñas, sin dejar de mirarlo a los ojos mientras la penetraba una y otra vez.

Estando con ella, se sentía más auténtico de lo que se había sentido en años, quizá en toda su vida. El año que más a gusto se había sentido consigo mismo había sido el año que había pasado elaborando cerveza. Los maestros cerveceros no lo habían tratado con la desconfianza que había conocido en otros departamentos. Lo trataban como si fuera uno más.

Serena trabajaba estrechamente con él y nunca había pretendido adularle. Nunca lo había tratado como si fuera un trampolín para alcanzar cosas mejores.

Aquello también era real. La manera en que su

cuerpo lo recibía, la manera en que ella jadeaba, la manera en que deseaba tomarla en sus brazos y no dejarla escapar…

Sin cerrar los ojos para no perder el contacto con él, emitió un sonido desde lo más profundo de su garganta mientras su cuerpo se tensaba. Luego, se relajó sobre la almohada.

Chadwick aumentó el ritmo de sus embestidas a punto de llegar al clímax. No existía nada más a su alrededor salvo Serena. Sus ojos, su cara, su cuerpo…, solo ella. La deseaba, siempre la había deseado.

Aquello no cambiaba nada.

–Serena…

Quería decirle que la amaba, pero ¿qué significaba exactamente eso? ¿De verdad estaba enamorada de ella? Lo que sentía por ella era mucho más intenso de lo que había sentido nunca por una mujer, pero ¿de verdad era amor?

Así que se mordió la lengua y la tomó entre sus brazos, hundiendo el rostro en su pelo.

–Quédate conmigo esta noche –susurró–, en mi cama.

–Claro.

Eso era todo lo que necesitaba por el momento, tenerla entre sus brazos.

¿Y si aquello era amor? Con Serena apoyada en su pecho, Chadwick fue quedándose dormido con aquel dulce y cálido pensamiento: Serena y él enamorados.

Pero una idea aterradora surgió en su cabeza, sacándole de su adormilamiento. ¿Y si no era amor? ¿Y si era simplemente atracción, algo que se desvanecería cuando regresaran a la normalidad el lunes por la mañana?

Se había acostado con su secretaria y sin estar todavía divorciado.

Aquello era exactamente lo que su padre habría hecho.

Capítulo Once

El olor a beicon le despertó.

Chadwick se volvió sobre el costado y comprobó que estaba solo en aquella cama desconocida. Miró el reloj que había en la mesilla de noche. Eran las seis y media. Hacía años que no dormía hasta esa hora.

Se sentó y lo primero que vio fue el espejo. Era el espejo en el que se había visto haciéndole el amor a su secretaria.

Serena.

La sangre comenzó a zumbarle en los oídos al recordar la noche anterior. ¿De verdad había traspasado aquella línea?

A la vista de que se acababa de despertar desnudo en la cama de ella, deseando volver a estar con ella, la respuesta no podía ser otra que sí.

Hundió el rostro entre las palmas de sus manos. ¿Qué había hecho?

De repente oyó el dulce sonido de una mujer canturreando. Era un sonido agradable, que transmitía alegría.

Se levantó de la cama y se puso los pantalones. Lo primero, desayunar. Siempre pensaba mejor con el estómago lleno. Al enfilar el pasillo hacia la cocina, se dio cuenta de que tenía el cuerpo dolorido. Al parecer, después de varios años sin sexo, hacerlo dos veces seguidas le había resultado más duro que correr unos cuantos kilómetros.

Miró a su alrededor. La casa de Serena era bastante pequeña. Acababa de salir del dormitorio y se detuvo en el cuarto de baño, que estaba entre la habitación y un pequeño cuarto vacío. Luego, salió al salón en el que había un sofá desvencijado contra una pared y un espacio en la contraria en donde debía de haber habido una televisión de pantalla plana. Había una mesa entre el salón y la cocina. Las patas y las sillas parecían algo desgastadas. La mesa estaba cubierta por un mantel azul de tela, sobre el que había un jarrón con las rosas que le había llevado.

Solo su bodega era más grande que todo aquel apartamento. Aquella casa estaba llena de cachivaches, pero le agradaba. Se parecía bastante a la idea que tenía de un hogar, un lugar donde los niños pintaran en las paredes y derramaran el zumo sobre la alfombra. Un lugar lleno de alegría y risas al que llamar hogar, y no simplemente un bien inmueble.

Encontró a Serena delante de los hornillos, con una fina bata azul de algodón y el pelo suelto cayéndole en suaves ondas por la espalda. Algo se agitó en su interior. ¿Llevaba algo debajo de aquella bata? Estaba canturreando mientras daba la vuelta al beicon. Olía de maravilla.

Él tenía un cocinero. Aunque no solía comer en casa a menudo, George estaba a cargo de preparar la comida para el personal. Si Chadwick le avisaba con tiempo, le preparaba algo capaz de rivalizar con los mejores restaurantes de Denver. Pero si no lo hacía, comía lo mismo que las doncellas, lo que era lo habitual.

Se apoyó en el umbral de la puerta y se quedó observando a Serena cocinando para él. Aquello le producía una sensación diferente a saber que, en algún lugar de su mansión, George estaría preparando la comida. Ese era el trabajo de George.

Serena estaba friendo beicon y lo que parecían unos huevos. Eso debía de ser lo que llamaban comida reconfortante. Porque había algo que le resultaba tremendamente reconfortante viéndola ocuparse de él. No recordaba que nadie, salvo cocineros, le hubiera preparado nunca el desayuno.

¿Era eso lo que la gente normal hacía, levantarse el domingo y hacer juntos el desayuno?

Se acercó por detrás y la rodeó con los brazos por la cintura, percibiendo el suave olor a vainilla de su pelo, antes de besarla en el cuello.

–Buenos días.

Ella se sobresaltó y luego se recostó, apoyando la curva del trasero en él.

–Hola –respondió mirándolo.

Él le dio un beso.

–¿Quieres desayunar?

–Suelo levantarme antes de las seis, pero hoy he dormido un poco más.

–Eso es muy temprano.

Era prácticamente el mismo horario que él hacía.

–Tengo un jefe –continuó ella mientras seguía dando la vuelta al beicon–, que lleva un horario de locos. Ya sabes cómo son estas cosas.

–¿Un imbécil, eh? –dijo junto a su oído.

Ella se echó para atrás, tratando de mirarlo a los ojos.

–No. A mí me parece increíble.

Volvió a besarla y esta vez deslizó las manos desde su cintura a otras partes de su cuerpo. Ella lo apartó y le dio un manotazo en la mano que había estado agarrándole el pecho.

–No querrás que se queme el desayuno, ¿verdad? El café ya está preparado.

Ya tenía preparadas las tazas junto a la cafetera. Como el resto de cosas que había en su apartamento, la cafetera parecía de segunda mano o muy vieja.

Viendo su casa, debía de ser cierto que había ahorrado todos los bonos.

Era extraño. En su mundo, la gente gastaba el dinero como si no tuviera fin. Nadie ahorraba porque siempre habría más. Como Phillip, por ejemplo. Veía un caballo que le gustaba y se lo compraba. Daba igual lo que costara o cuántos caballos tuviera. Helen había hecho lo mismo, salvo que ella se lo gastaba en cirugías y ropa. Cada temporada, se hacía con un nuevo vestuario de los diseñadores más de moda.

Él tampoco era muy diferente. Tenía más coches de los que conducía y una casa más grande de la que necesitaba, además de tres doncellas. La única diferencia era que estaba tan ocupado que no tenía tiempo de coleccionar caballos, como su hermano. O amantes, como su padre. Para ellos, todo era desechable, incluyendo caballos y personas.

Serena no era así. No necesitaba una nueva cafetera solo porque la que tenía estuviera vieja. Todavía funcionaba. Eso era suficiente para ella.

Se llenó la taza y se sentó a la mesa a observarla. Se movía con soltura por la cocina. Él ni siquiera estaba seguro de saber muy bien dónde estaba la cocina de su mansión.

–¿Sueles preparar el desayuno?

Serena metió pan en la tostadora.

–Se me da bien cocinar. Es…

–Estable.

–Relajante –lo corrigió con una sonrisa, y llevó los platos con los huevos y el beicon a la mesa–. Me gusta comprar y prepararme la comida en casa. Guardo los cupones y compro las ofertas. Así se ahorra mucho dinero. Comer en casa es mucho más barato que comer fuera. Anoche fue la primera vez que cené fuera en… ¿tres meses? Sí, en tres meses –dijo, y su rostro se ensombreció.

Chadwick recordó que hacía tres meses que Neil y ella habían terminado de mutuo acuerdo su relación.

–Gracias por prepararme el desayuno. Nadie que no fuera el personal de servicio había cocinado para mí antes.

Ella se sonrojó.

–Gracias por la cena. Y por los vestidos. Creo que es evidente que nadie se había gastado tanto dinero en mí.

–Te has comportado con mucha naturalidad. Perdóname si te he hecho sentir incómoda.

Aquel había sido su error. Se desenvolvía tan bien en la oficina, siempre a la altura de los directivos y presidentes de compañías con los que él se reunía, que había dado por sentado que su entorno debía de ser así o muy parecido.

Pero no lo era. Ahora que había visto su casa, pequeña pero acogedora, se había dado cuenta de lo equivocado que estaba.

Ella le dirigió una sonrisa dulce a la vez que pícara.

—Ha sido divertido. Pero creo que la próxima vez me pondré unos zapatos diferentes.

«La próxima vez». Aquellas eran las palabras más bonitas que había oído en mucho tiempo.

Pero enseguida volvió a la realidad. En parte porque tenía hambre y la comida estaba deliciosa. Y también, porque Serena se empezó a agitar en su asiento, rascándose una pierna con el otro pie.

—¿Cuándo tienes que marcharte?

Quería quedarse al menos un poco más, pero tenía cosas que hacer aunque fuera domingo. Para empezar, tenía a las dos una entrevista con *Nikkei Business*, una revista financiera japonesa. No se imaginaba hablando del futuro de la cervecera desde la comodidad de la casa de Serena.

En cuanto se le pasó aquel pensamiento por la cabeza, fue como si sintiera un puñetazo en el estómago. ¿Cómo había podido ocurrírsele aquella idea? Su compañía estaba en peligro y su divorcio le estaba dejando sin fuerzas, y eso sin contar el hecho de que Serena estaba embarazada.

Había esperado mucho para tenerla. Se había comportado de forma admirable durante toda la gala, pero ¿se sentiría a gusto en su mundo?

Todavía les quedaba aquella mañana. Terminaron de desayunar y le ayudó a poner el lavavajillas.

Serena sonrió al verlo poner las tazas en la bandeja inferior.

—Nunca has puesto un lavavajillas, ¿verdad?

—Nunca me ha hecho falta.

No podía sentirse insultado. Al fin y al cabo, era cierto.

—Gracias por intentarlo —dijo, y después de cerrar la puerta del aparato, se volvió hacia él—. No te preocupes. Hay otras cosas que se te dan mejor.

Lo rodeó por el cuello y lo besó. Sí, no hacía falta que se fuera todavía.

Le quitó la bata por los hombros y dejó que cayera al suelo. No, no llevaba nada debajo. Tan solo estaba su maravilloso cuerpo. Gracias a la luz que se filtraba por las cortinas, finalmente pudo ver todo lo que había tocado la noche anterior.

Sus pechos eran generosos y firmes. Se inclinó y le pasó la lengua por uno de los pezones. Serena gimió y sintió cómo se endurecía en su boca.

—A la cama —ordenó ella con voz temblorosa.

—Sí, señora —replicó él.

Luego se puso de pie e hizo un saludo militar antes de tomarla entre sus brazos.

—¡Chadwick!

Serena se aferró a él y rio mientras recorrían el breve pasillo.

La colocó sobre la cama y apenas se detuvo el tiempo suficiente para quitarse los pantalones. Luego, rodeó suavemente sus pechos con las manos antes de tomarla por las caderas y cubrirla con su cuerpo, deleitándose con sus interminables caricias.

Aquello era lo que quería y no la compañía,

Helen, las galas, los banquetes y unos hermanos que tomaban lo que querían sin preocuparse de dar nada a cambio.

Quería a Serena. Quería ese tipo de vida en el que él ayudara a cocinar y a recoger los platos en vez de tener un discreto personal de servicio que se ocupara de todo por él. Quería una vida en la que desayunara con ella y luego se fueran a la cama en lugar de tener que salir corriendo para alguna entrevista o reunión.

Quería tener una vida fuera de la cervecera y quería que fuera junto a Serena.

Pero no tenía ni idea de cómo conseguirlo.

Mientras se movía sobre el cuerpo de Serena, con ella aferrada a él, lo único en lo que podía pensar era en cómo se sentía a su lado. No se había sentido así nunca.

Aquello era lo que quería y tenía que encontrar la manera de hacerlo realidad.

Después de una hora más entre sus brazos, se las arregló para salir de la cama de Serena. Se puso el pantalón del esmoquin y la camisa, y se dirigió a su coche después de una larga serie de besos de despedida. Estaba adorable con su fina bata azul y una taza de café en la mano, despidiéndose de él desde la puerta. Parecía una esposa que estuviera despidiendo a su marido antes de que se fuera a trabajar.

Estaba siendo demasiado romántico. Para empezar, a Serena no le gustaría ser un ama de casa. No quería ser una mantenida. Ahora sabía lo importante que eso era para ella. Pero no podían seguir así en el trabajo. Antes o después, alguien notaría algo en la oficina y, una vez que su embarazo fuera evidente, todo el mundo hablaría de ello. No quería que fuera el centro de todos los rumores.

Tenía que haber una manera y no dejó de considerar distintas opciones mientras conducía de vuelta a su casa. Estaba a punto de perder el negocio y ella trabajaba para él. Era una relación en contra de las normas de la empresa. Pero si perdía la compañía…

Si perdía la compañía, dejaría de ser su jefe. Ella se quedaría sin trabajo, pero al menos no estarían violando ninguna normativa.

Pero entonces, ¿qué? ¿Qué debía hacer? ¿Qué quería hacer? Eso era lo que Serena le había preguntado. O, más bien, lo que le había dicho, que hiciera lo que deseaba.

¿Y eso qué era?

Elaborar cerveza. Esa había sido la mejor época que había pasado en la cervecera Beaumont, el año que había pasado con los maestros cerveceros. Le gustaba la cerveza. Había aprendido mucho y había jugado un papel importante en la selección de la cerveza de barril de la línea Percheron. ¿Y si…?

Podía vender la cervecera, quedarse con la línea Percheron y dirigirla personalmente como si fuera un pequeño negocio. Sería el fin de Beaumont, pero el nombre de la familia se perpetuaría con Cervezas Percheron. Ya no sería una compañía de Hardwick, sino de Chadwick.

Podría contratar a Serena. Ella sabía tanto o más que cualquiera de aquel negocio. Si fundaban una empresa nueva, podía establecer normas nuevas.

Si conseguían vender la cervecera por sesenta y cinco dólares la acción, iría a ver al abogado de Helen y le haría una oferta que no podría rechazar. Todo el mundo tenía un precio, lo había dicho Matthew y tenía razón. Rápidamente hizo los cálculos.

Si vendía algunas de sus más extravagantes propiedades, como coches, caballos o el avión, podría ofrecerle cien millones de dólares a Helen para que firmara los papeles. Ni siquiera ella sería capaz de negarse a una cantidad así. Y todavía le quedaría a él suficiente para fundar Cervezas Percheron.

Mientras daba vueltas a aquella idea, se dio cuenta de que solo conseguiría que funcionara si lo hacía él solo. Él se llevaría cincuenta millones porque trabajaba en la compañía. Sus hermanos se llevarían quince o veinte millones cada uno. No podía seguir trabajando para ellos. Serena tenía razón en eso. Si creaba Cervezas Percheron, tendría que cortar todo vínculo económico con sus hermanos. No podía seguir haciéndose cargo de las extravagantes compras de sus hermanos y tampoco quería.

Cuanto más pensaba en ello, más le gustaba la idea. Dejaría la cervecera Beaumont y ya no tendría que dirigir la compañía al gusto de su padre. Sería libre para hacer las cosas a su manera y fabricar la cerveza que él quería. Además, la empresa que crearía sería pequeña y no le daría para mantener la mansión ni todos aquellos coches que apenas conducía ni para tener personal de servicio.

Tendría que bajar su nivel de vida durante una temporada, pero tampoco sería una cosa tan terrible. Serena había llevado una vida modesta y parecía bastante contenta, excepto por el embarazo.

Quería darle todo lo que pudiera, pero sabía que no se sentiría cómoda con grandes lujos. Si le daba un empleo en la nueva compañía, le pagaba un buen sueldo y le daba todos los beneficios que necesitara...

Eso sería como regalarle la luna. Nada valoraría más que la estabilidad que todo aquello podía proporcionarle.

Podía funcionar. Llamaría a sus abogados cuando llegara a casa y les comentaría su idea.

Aquello tenía que funcionar. Tenía que hacerlo realidad. Porque aquello era justo lo que quería.

Después de que lo viera alejarse en su deportivo, Serena trató de no pensar en lo que comentarían sus vecinos de su tardía hora de llegada y de la marcha de aquel vehículo.

Pero eso no significaba que no le preocupara. ¿Qué había hecho además de pasar una de las noches más románticas de su vida? Disfrutar de una estupenda cena, acudir a una glamurosa gala y gozar de un sexo exquisito. Parecía una noche sacada de un cuento de hadas, en el que una muchacha pobre se había convertido en la más bella del baile.

¿Cuánto tiempo hacía que no disfrutaba tanto del sexo? Hacía tiempo que las cosas no iban bien con Neil. Habían intentado hacerlo una vez por semana, pero ni duraba mucho ni resultaba agradable.

El sexo con Chadwick era algo completamente diferente, incluso mejor de lo que había imaginado. No se había limitado a hacer lo que quería, sino que le había dedicado tiempo a ella, asegurándose de que alcanzara el orgasmo antes que él.

¿Cómo sería estar con un hombre que siempre provocaba aquel nivel de excitación en la cama, alguien a quien no poder quitar las manos de encima y que la considerara sexy a pesar de que su cuerpo estaba engordando?

Sería maravilloso.

Pero ¿cómo convertir en realidad aquella fantasía? Porque no dejaba de ser una fantasía de dimensiones épicas. No se imaginaba encajando en el mundo de Chadwick, con aquella ropa cara y lujosas cenas y fiestas todo el tiempo. Y por muy atractivo que estuviera en medio de su cocina, con los pantalones de esmoquin, no se lo imaginaba siendo feliz en su pequeño apartamento, coleccionando cupones y comprando en tiendas de barrio.

Cuánto lo deseaba. Llevaba años esperando aquella oportunidad. Pero no tenía ni idea de cómo salvar la diferencia que había entre sus vidas.

En un ataque de rabia, Serena empezó a hacer tareas domésticas para mantenerse ocupada. Puso la lavadora, hizo la cama, lavó los platos… Pero no pudo sacarse de la cabeza a Chadwick.

Se puso unos pantalones viejos cortos y una camiseta descolorida. ¿Qué pasaría el lunes? Iba a ser difícil mantener las manos alejadas de él, especialmente tras la puerta cerrada del despacho. Pero hacer algo, aunque solo fuera tocarlo, quebrantaba las normas de la empresa. Iba contra sus principios saltarse las normas, en especial las que ella había ayudado a redactar.

¿Cómo trabajar para Chadwick estando enamorada de él?

No podía ser a menos que…

A menos que no trabajara para él.

No, no podía dejar su trabajo. Aunque la compañía estuviera a punto de ser vendida, no podía prescindir del sueldo fijo y de los beneficios que lo complementaban. La venta y el cambio en la dirección podían tardar meses. Al menos, el seguro le cubriría el seguimiento del embarazo y le daría tiempo a ir haciendo planes. Tal vez también ocurriera un milagro y todo aquel asunto de la venta se viniera abajo. Así, volvería a estar segura. Estaba cansada de fingir que no sentía nada por él. Si las cosas seguían igual…

Bueno, de una cosa estaba segura: las cosas habían cambiado. Se había acostado con él y estaba embarazada. Eso lo cambiaba todo.

Estaba pasando las sábanas de la lavadora a la secadora cuando oyó un ruido en la puerta. Su primer pensamiento fue que quizá Chadwick había cambiado de idea y había decidido pasar el día con ella.

Pero de camino a la puerta, vio que se estaba abriendo. Chadwick no tenía la llave, y siempre la tenía cerrada. Entonces, vio a Neil Moore, su ex, entrando.

–Hola, nena.

–¿Neil?

Al verlo entrar como si nunca se hubiera marchado, le produjo tal reacción que a punto estuvo de vomitar.

–¿Qué estás haciendo aquí?

—He recibido tu correo electrónico —dijo colgando las llaves del gancho que había detrás de la puerta después de cerrarla—. Tienes buen aspecto. ¿Has engordado?

Aquel comentario la devolvió a la realidad.

—Por el amor de Dios, Neil, el mensaje que te mandé no era una invitación para venir y, menos aún, sin avisar.

De nuevo, las náuseas. ¿Qué habría pasado si Neil se hubiera presentado dos horas antes, cuando todavía estaba con Chadwick? Olvidó aquella idea y trató de mostrarse enfadada. Lo cual, tampoco le resultó tan difícil.

—Ya no vives aquí, ¿recuerdas? Te fuiste.

—Te echo de menos.

Nada en su actitud lo sugería. Se dirigió al sofá y se dejó caer en él, como era su costumbre. ¿Qué había visto en aquel hombre, aparte de la estabilidad que le ofrecía?

—¿Ah, sí? Han pasado tres meses, Neil. Tres meses en los que no me has llamado ni una sola vez ni me has mandado ningún mensaje. No parece que me hayas echado mucho de menos.

—Bueno, pues sí, sí te he echado de menos —replicó él—. Ya veo que nada ha cambiado por aquí. El mismo viejo sofá, la misma… —dijo moviendo la mano en círculos para abarcar todo el apartamento—. ¿De qué querías hablar conmigo?

Serena se quedó mirándolo. Quizá hubiera sido mejor si Chadwick hubiera estado allí. Para empezar, Neil se habría dado cuenta de que no todo seguía igual. Ya no era la misma discreta secretaria de dirección que cuando se había marchado. Era una mujer que compraba en las mejores tiendas y que se codeaba con poderosos empresarios. Y no se le daba nada mal. Era una mujer que invitaba a su jefe a su apartamento y luego a su cama. Estaba embarazada y se las estaba arreglando muy bien sola.

Neil ni siquiera reparó en ella. Se había quedado mirando el hueco donde solía estar la televisión.

—Ni siquiera has comprado una televisión nueva. Vaya, Serena. No pensé que te tomarías tan mal mi marcha.

—No me hace falta, no veo televisión.

Después de nueve años viviendo juntos, pensaba que ya se habría dado cuenta. O al menos, que se lo habría imaginado después de que le dijera que se la llevara.

—¿Has venido a criticarme? —preguntó Serena—. Porque se me ocurren mejores formas de pasar un domingo por la mañana.

Neil puso los ojos en blanco, pero se enderezó en el asiento.

—¿Sabes? He estado pensando. Hemos pasado nueve años juntos. ¿Por qué echarlo todo a perder?

No podía creer lo que estaba oyendo.

—Corrígeme si me equivoco, pero creo que fuiste tú el que decidió echarlo todo a perder cuando empezaste a acostarte con tus admiradoras del club de campo.

—Eso fue un error —reconoció, al igual que había hecho cuando Serena había encontrado los mensajes incriminatorios—. He cambiado, nena. Sé que lo que hice no estuvo bien. Déjame que te compense.

¿Así era como iba a compensarla, criticando su aspecto y su apartamento?

—Voy a ser mejor. Por ti —dijo y, por un segundo, pareció que hablaba en serio—. He oído que la cervecera se va a vender. Tienes acciones de la compañía, ¿verdad? Podríamos mudarnos a un piso mejor y empezar de nuevo. Va a ser estupendo, nena.

Así que era eso. Se había enterado de la oferta de AllBev y pretendía sacar tajada.

—¿Qué ha pasado? ¿Tu amante ha vuelto con su marido?

Por la manera en que Neil se sonrojó, no tuvo ninguna duda de que así era. De nuevo, volvió su atención hacia el lugar donde solía estar la televisión.

Cuanto más hablaba con él, más le costaba entender qué había visto en aquel hombre. Sus comentarios críticos no eran nuevos, pero ya se había acostumbrado a que nadie se metiera con su aspecto, su casa o su manera de cocinar.

En tres meses, se había dado cuenta de que se había conformado con muchas cosas estando con Neil. Con razón hacía tiempo que la pasión había desaparecido de su relación. Era difícil sentirse apasionada cuando el hombre al que supuestamente se amaba no dejaba de meterse con ella.

Chadwick no era así. Incluso antes de que todo cambiara durante la última semana, siempre se había mostrado muy agradecido con su esfuerzo en el trabajo. E incluso se lo había demostrado en la cama.

Serena sacudió la cabeza. No era una cuestión de elegir. Solo porque no quería estar con Neil no significaba que su única opción fuera Chadwick. Aunque lo suyo con Chadwick solo fuera una aventura por despecho, eso no significaba que estuviera deseando volver con Neil. Ya no era aquella colegiala asustada al límite de la pobreza. Era una mujer adulta capaz de cuidarse ella sola.

Al reconocerlo, se sintió bien.

—Estoy embarazada y tú eres el padre. De eso necesitaba hablar contigo. Y porque te estabas acostando con otras, tuve que hacerme algunas pruebas.

Neil no podía salir de su asombro. Se quedó con la boca abierta y los ojos parecían a punto de salírsele de las órbitas.

—Estás…

—Embarazada. De tres meses.

—¿Estás segura de que soy el padre?

Serena sintió que la sangre empezaba a hervirle.

—Solo porque tú te estuvieras acostando con otras no significa que yo estuviera haciendo lo mismo. Te he sido fiel hasta el final. Pero para ti no era suficiente. Y ahora, no lo es para mí.

—Yo… yo…

Se había quedado de piedra.

Pues tenía que irse haciendo a la idea. Era ella la que estaba embarazada y la que dedicaría su vida a criar a su hijo, al hijo de ambos. Pero eso no significaba que tuviera que pasar el resto de su vida con él.

—Pensé que deberías saberlo.

—No quiero… no puedo… ¿No puedes deshacerte de… eso?

No parecía estar haciendo progresos.

–Vete, vete ahora mismo.

–Pero…

–Es mi hijo y ni quiero ni necesito nada de ti. No te pediré ninguna pensión de manutención para el niño, así que no quiero volver a verte nunca.

–¿No quieres dinero? –preguntó Neil sin poder salir de su asombro–. Vaya, ¿cuánto te paga Beaumont?

Así que eso era para él, una fuente de ingresos.

–Como no te vayas, voy a llamar a la policía. Adiós, Neil.

Se levantó como si acabara de recibir un puñetazo.

–Y no te lleves la llave –añadió Serena.

No quería más visitas sorpresa.

Neil sacó la llave del llavero y volvió a colgarla en el gancho, antes de salir por la puerta.

Serena se quedó mirando a su alrededor como si fuera la primera vez que veía el apartamento. Aquel no era su hogar. Nunca lo había sido. Aquella había sido la casa de los dos, de Neil y de ella. Había querido quedarse allí porque se sentía segura.

Pero Neil siempre se sentiría con derecho a volver allí solo porque había sido su apartamento antes de que ella se mudara a vivir con él.

No quería criar a su hijo en un lugar en donde la persiguieran los fantasmas del pasado.

Necesitaba empezar de cero y la idea la aterrorizaba.

Capítulo Doce

–Señorita Chase, venga a mi despacho.

Serena contuvo una sonrisa al tomar su tableta. La estaba llamando cuarenta minutos antes de la hora en que normalmente se reunían. Cómo habían cambiado las cosas en una semana. Siete días antes, se había llevado una tremenda sorpresa al descubrir que estaba embarazada. Ahora era la amante secreta de su jefe.

Mejor no pensar en ello en aquellos términos. No podía olvidar las normas de la compañía.

Entró en el despacho de Chadwick y cerró la puerta. Era lo que solía hacer, pero en aquel momento ese simple gesto parecía rodeado de un gran secreto.

Chadwick estaba sentado detrás de su escritorio, con su expresión habitual. Bueno, quizá no tan habitual. Levantó la mirada y una amplia sonrisa se dibujó en sus labios. Qué guapo era. Casi le resultaba doloroso mirarlo y saber que era ella la causa de su felicidad.

Mientras se dirigía a la silla de siempre, él no dijo nada. Pero a medio camino se levantó y se fundieron en un beso que la derritió. La atrajo hacia él y su boca exploró la suya.

–Te he echado de menos –susurró junto a su oído, mientras la envolvía en sus brazos.

Ella aspiró su olor y su cuerpo reaccionó al sentir su roce. Vaya manera tan diferente de decirle que la echaba de menos. Chadwick no era un charlatán como Neil. Él afianzaba sus actos con palabras.

–Yo, también.

Sabiendo lo que había debajo de su chaqueta, no pudo evitar deslizar las manos por los músculos de su espalda.

–Nunca había deseado tanto que llegara un lunes.

–Umm –fue la respuesta de Chadwick–. ¿Cuándo puedo volver a verte?

–¿Esto no cuenta?

–Ya sabes a lo que me refiero.

Lo sabía perfectamente. Quería saber cuándo pasarían otra noche el uno en brazos del otro. Deseaba decirle que esa misma noche, incluso que en aquel mismo momento, podían irse y volver más tarde.

Pero no era posible.

–¿Qué vamos a hacer? No me gusta saltarme las reglas.

–Esa regla fue idea tuya.

–Eso lo empeora todo.

En vez de mostrarse contrariado, su sonrisa se tornó pícara.

–Escucha, sé que esto es un problema, pero estoy buscando una solución.

–¿Cuál?

–Todavía estoy dándole vueltas. Confía en mí.

Ella se quedó mirándolo, deseando más que nada volver al sábado por la noche. O incluso al domingo por la mañana.

Pero era imposible ignorar la realidad.

–Si necesitas ayuda para resolver algo, cuenta conmigo.

–Hecho. ¿Cuándo tienes la cita con el médico?

–El viernes que viene –contestó acariciándole la barbilla.

–¿Quieres que vaya contigo?

Amor. La palabra surgió repentinamente en su cabeza. Aquello era amor. Aunque no hubiera pronunciado la palabra, podía sentirlo con todo su corazón.

Se le hizo un nudo en la garganta al sentir unas lágrimas amenazantes. Estaba enamorada de Chadwick Beaumont. Era lo mejor que le había pasado nunca, además de un enorme problema.

La tomó por la barbilla y sonrió.

–¿Estás bien?

–Sí. ¿No te importa acompañarme?

–He descubierto hace poco que es bueno salir de la oficina de vez en cuando. Me encantaría ir contigo. ¿Estás segura de que estás bien?

Serena apoyó la cabeza en su hombro.

–Espero que encuentres esa solución pronto.

–No te fallaré, Serena.

Parecía tan serio que no le quedaba más remedio que creerle y confiar en que lo que fuera que estaba planeando, funcionaría.

–Bueno, creo que esta noche puedo tener una cena de trabajo con mi secretaria, ¿no te parece? Así podremos revisar con más detalle mi agenda.

¿Cómo decir que no? Después de todo, era un asunto relacionado con el trabajo.

–Creo que podremos organizarlo.

—Cuéntame qué tal tu fin de semana —dijo Chadwick tirando de ella hacia el sofá.

Sentada con la cabeza apoyada en su hombro, le contó lo que había pasado con Neil.

—¿Quieres que haga algo?

Aquella pregunta le recordó el momento en que casi se había peleado con su hermano en la gala, y sonrió. Lo cierto era que se sentía segura.

—No, creo que ha recibido el mensaje. No va a conseguir nada de mí ni de esta compañía.

Entonces le contó a Chadwick que estaba pensando en buscarse otro sitio para vivir y romper con el pasado.

Mientras hablaba, él fue cambiando de cara. Conocía muy bien aquella expresión: estaba pensando.

—¿Ya has encontrado una solución?

Tomó su rostro entre las manos y la besó. No fue como el beso ardiente que se habían dado antes, sino mucho más suave. Luego, apoyó la frente en la de ella.

—Serás la primera en saberlo.

De nuevo, volvió a sentir el nudo en la garganta. Sabía que mantendría su promesa.

Pero ¿a qué precio?

—Señor Beaumont.

La voz de Serena por el interfono sonó diferente, como su la estuvieran estrangulando.

—¿Sí?

Enfrente de él tenía sentado a Bob Larsen, que se había quedado con la palabra en la boca. Serena no solía interrumpir las reuniones a menos que hubiera una buena razón.

–La señora Beaumont ha venido a verle.

Chadwick se quedó paralizado. Había varias mujeres que respondían a aquel nombre y no le apetecía ver a ninguna de ellas en ese momento.

–¿Mi madre?

–La señora Helen Beaumont ha venido a verle.

Chadwick clavó la vista en Bob. Aunque llevaban trabajando juntos mucho tiempo, seguramente su interminable divorcio estaba siendo objeto de todo tipo de comentarios, a pesar de su intento por mantener separada su vida profesional de la personal.

–Un momento. Bob…

–Sí, ya seguiremos más tarde –dijo Bob mientras recogía sus papeles de la mesa–. Buena suerte.

–Gracias.

Chadwick iba a necesitar más que suerte.

¿Qué estaba haciendo Helen allí? Nunca había ido a la oficina cuando estaban casados y hacía más de un año que no hablaba con ella sin la presencia de abogados. Dudaba mucho que quisiera una reconciliación. Pero ¿qué otra cosa la había llevado hasta allí?

Solo sabía una cosa: tenía que jugar bien sus cartas. No podía darle algo que pudiera usar contra él. Antes de abrir la puerta, se tomó un segundo para colocarse bien la corbata.

Helen Beaumont no estaba sentada en las sillas que había frente a la mesa de Serena. Estaba de pie, junto a uno de los ventanales, mirando hacia la fábrica.

Estaba tan delgada que casi se podía ver a través de ella. Parecía una sombra más que una mujer de carne y hueso. Llevaba una falda estrecha y una blusa de seda con una estola de piel de zorro. En las manos y en las orejas llevaba diamantes que él le había regalado. No era la misma mujer con la que se había casado ocho años antes.

Miró a Serena, tan pálida como un fantasma, que encogió los hombros al verlo. Tampoco ella sabía qué demonios estaba haciendo Helen allí.

—Helen, ¿hablamos en mi despacho?

Ella se volvió con sus altísimos tacones y lo fulminó con la mirada.

—Chadwick, a mí no me preocupa lo que los empleados oigan —dijo mirando hacia Serena.

Chadwick trató de mantener la calma.

—Está bien. ¿A qué debo el honor de tu visita?

—No seas irónico, Chadwick, no te pega. Me ha dicho mi abogado que ibas a hacer una nueva oferta, la clase de oferta que te has estado negando a hacer.

Aquello iba a pillar a sus abogados de improviso por precipitarse. Una cosa era lanzar un globo sonda y otra decirle a Helen que tenía una oferta. Ni siquiera había tenido tiempo de contactar con el equipo negociador de AllBev y llegar a un acuerdo. Y peor aún, nada de aquello iba a pasar de un día para otro ni en una semana. Aunque todo fuera rápido, las negociaciones llevarían meses.

Además, no le había contado a Serena su idea de vender Beaumont pero quedarse con la línea de cervezas Percheron. Quería mantener todo aquello en secreto hasta que lo tuviera todo bien organizado. No quería sorpresas desagradables como aquella.

—Hay una diferencia entre negarse a hacer algo y ser incapaz de hacerlo.

—¿Ah, sí? ¿Estás tratando de deshacerte de mí, Chadwick?

Lo dijo con gesto mohíno, como si hubiera herido sus pensamientos.

—Llevo intentando acabar con esta relación desde el momento en que pediste el divorcio, ¿recuerdas? Te negaste a ir a terapia matrimonial conmigo y lo dejaste bien claro. Ya no me querías a tu lado. Pero aquí seguimos, catorce meses más tarde e insistes en dilatar el proceso.

Ella ladeó la cabeza.

—No estoy dilatando nada. Solo quiero que me hagas caso.

—¿Cómo? Si querías que te hiciera caso, demandarme no es la mejor manera de conseguirlo.

De repente, algo en la expresión de Helen cambió. Por un instante, recordó a aquella mujer en la iglesia, a su lado, prometiéndole amor y fidelidad.

—Nunca me has prestado atención. Nuestra luna de miel duró tan solo seis días porque tenías que volver a una reunión. Siempre me despertaba sola porque te ibas a la oficina a las seis de la mañana y no volvías hasta las diez o las once de la noche. Creo que lo habría soportado si te hubiera visto los fines de semana, pero trabajabas los sábados y atendías llamadas y entrevistas los domingos. Era como estar casada con un fantasma.

Por primera vez en años, Chadwick sintió lástima por Helen. Tenía razón; la había dejado sola en aquella enorme casa sin nada para hacer más que gastar dinero.

–Pero conocías mi trabajo antes de casarte conmigo.

–Yo…?

¿Estaba al borde de las lágrimas? La había visto llorar en alguna ocasión, cuando discutían sobre lo mucho que él trabajaba y el dinero que ella se gastaba. ¿Era una emoción verdadera o un intento más por manipularle?

–Pensé que sería capaz de hacer que me amarás más de lo que amabas a esta compañía. Pero me equivoqué. Nunca tuviste intención de amarme y ya nadie podrá devolverme esos años que perdí por culpa de esta maldita empresa.

De repente, toda sinceridad desapareció. Estaba ante la misma mujer que lo miraba desde el otro lado de la mesa de la sala de reuniones de los abogados.

–Y aquí estamos –concluyó Helen–. Solo pido lo que me merezco.

–Estuvimos casados menos de diez años, Helen. ¿Qué piensas que mereces?

Ella sonrió con malicia y Chadwick supo la respuesta. Lo quería todo. Iba a quitarle lo que siempre le había importado a él, la compañía, y no iba a parar hasta que lo consiguiera.

El teléfono de la mesa de Serena sonó, sobresaltándolo. Ella contestó con su tono habitual.

–Lo siento, el señor Beaumont está en una reunión, pero yo misma puedo darle esa información. Un momento, por favor.

–A mi oficina –bramó Chadwick–. Ahora. No

tenemos por qué seguir hablando aquí, delante de la señorita Chase.

Helen entornó los ojos.

—¡Vaya! ¿No será que no quieres tener delante de mí a la señorita Chase?

Oh, no. Había hecho algo que llevaba tiempo deseando, como salir con Serena y pasar una noche en sus brazos, e iba a pagar por ello. ¿Por qué no se había mantenido apartado de ella?

Porque la deseaba y ella a él.

Todo le había parecido muy sencillo hasta hacía dos días, pero ahora...

—Ruego me disculpe —dijo Serena con tono ofendido al colgar el teléfono.

Helen esbozó una sonrisa socarrona.

—Es lo menos que puede hacer. Acostarse con los maridos de otras no es lo más adecuado para una secretaria.

—No puede hablarme así —dijo Serena, más sorprendida que enfadada.

Helen continuó mirándola fijamente, consciente de que llevaba la voz cantante.

—¿Cómo has podido, Chadwick? Disfrazar a esta secretaria entrada en carnes y pavonearte con ella como si mereciera la pena. Me han contado que la estampa era lamentable.

Se había olvidado de Therese Hunt, la mejor amiga de Helen. Serena se puso colorada y parecía a punto de desmayarse.

Si Helen buscaba atención, la consiguió en aquel momento. Sintió un deseo impulsivo de colocarse entre las dos mujeres para proteger a Serena de la cólera de Helen, pero no lo hizo. Simplemente dio un paso hacia Helen, tratando de que volviera a fijarse en él.

–Ten cuidado con lo que dices o tendré que llamar a seguridad para que te acompañen a la salida. Y si alguna vez vuelves a poner un pie aquí, pediré una orden de alejamiento. No conseguirás nada.

–Después de lo que me has hecho pasar, me lo debes.

Mantener la calma le estaba resultando muy difícil.

–Ya te he ofrecido unas condiciones muy sustanciosas. Eres tú la que no quiere poner fin a esto. Me gustaría pasar página y seguir con mi vida, Helen. Además, cuando alguien pide el divorcio es porque quiere seguir con su vida por separado.

–¿Te has estado acostando con ella, verdad? ¿Desde cuándo?

Aunque no estaba gritando, estaba hablando lo suficientemente alto para que se la oyera por los pasillos. Las puertas de los despachos estaban abiertas y varias cabezas se habían asomado. La situación empezaba a estar fuera de control.

–Helen…

–¿Desde cuándo? ¿Años, verdad? Incluso antes de casarnos, ¿no es así?

Había habido una época en la que Helen le había parecido dulce y encantadora. Pero de eso hacía mucho tiempo. La arpía vengativa que tenía delante no era la mujer con la que se había casado.

Tuvo que hacer un gran esfuerzo para mantener la voz baja.

–Te he sido fiel, Helen, incluso después de que abandonaras nuestro dormitorio. Pero ya no eres mi esposa y no te debo ninguna explicación sobre lo que hago o dejo de hacer.

—¿Cómo que no soy tu esposa? ¡Todavía no he firmado nada!

La ira lo invadió.

—No eres mi esposa. He pasado página y espero que tú hagas lo mismo. Mis abogados se pondrán en contacto con los tuyos.

—¡Mentiroso bastardo! Compórtate como un caballero.

—No voy a seguir, Helen. Señorita Chase, pase a mi despacho, por favor.

Serena tomó la tableta y se apresuró a cruzar la puerta del despacho.

—No puedes ignorarme. Me quedaré con todo. ¡Con todo!

Chadwick se detuvo entre ella y la puerta de su despacho.

—Helen, siento no haber sido el hombre que necesitabas y que tú no fueras la mujer que pensé que eras. Ambos cometimos errores, pero sigue con tu vida. Acepta mi próxima oferta, conoce a otros hombres y encuentra a uno que se enamore de ti. Adiós, Helen.

A continuación, en mitad de sus gritos histéricos llamándole todo lo que se le ocurría, cerró la puerta.

Serena estaba en su silla de siempre, doblada, con la cabeza entre las rodillas.

Chadwick descolgó el teléfono y llamó a seguridad.

—¿Len? Tengo un problema en la puerta del despacho. Quiero que saques discretamente a mi exesposa del edificio, sin rozarla siquiera. Hagas lo que hagas, no la provoques. Gracias.

Luego, se volvió hacia Serena. No tenía buen aspecto.

–Respira, cariño.

Se puso de cuclillas a su lado y la hizo levantar el rostro para mirarla a los ojos.

–Respira –le ordenó.

Entonces, sin saber qué otra cosa hacer para hacerla reaccionar, la besó.

Cuando se apartó, Serena tomó aire. Después, le hizo apoyar la cabeza en su hombro y le acarició la espalda.

–Bien, cariño, hazlo otra vez.

Serena volvió a respirar hondo. Vaya desastre. Y todo por su culpa.

Bueno, suya y de sus abogados, o más bien, sus exabogados.

Fuera del despacho, el escándalo cesó. Ni él ni Serena se movieron hasta que sonó el teléfono unos minutos más tarde. Chadwick contestó.

–¿Sí?

–Está sentada en el coche, llorando. ¿Qué quiere que haga?

–Vigílala. Si sale del coche, llama a la policía. Si no, déjala sola.

–Chadwick –dijo Serena en apenas un hilo de voz.

–¿Sí?

–Lo que ha dicho…

–No pienses en lo que ha dicho. Está molesta porque te llevé a la gala.

Había sido un golpe bajo llamarla «secretaria entrada en carnes».

–No –dijo Serena apartándose de su hombro para mirarlo a los ojos–. Sobre lo de estar sola todo el tiempo porque tú siempre estabas trabajando…

Había recuperado el color, pero sus ojos estaban húmedos.

–Es cierto.

Pero esa no era la verdad y ambos lo sabían.

–Lo sé, te conozco y sé tus horarios –añadió acariciándole la mejilla–. El domingo te fuiste de mi apartamento por la misma razón que ha dicho, porque tenías una entrevista.

Todos sus planes, aquellos que parecía perfectos veinticuatro horas antes, se estaban viniendo abajo como un castillo de naipes.

–Las cosas van a cambiar –le prometió al ver que no parecía muy convencida–. No quiero trabajar cien horas a la semana. Porque Helen también tenía razón en otra cosa: no la quería más a ella que a la empresa. Pero eso es… Ahora todo es diferente. Ahora soy diferente gracias a ti.

El labio de Serena tembló a la vez que dos lágrimas rodaban por sus mejillas.

–¿Pero no ves que estamos en una situación difícil? No puedo estar contigo mientras trabaje para ti, pero si dejo de hacerlo, no volveré a verte.

–Sí, claro que sí, claro que me verás. Lo solucionaré.

Serena esbozó una triste sonrisa.

–Te he complicado la vida.

–Helen sí, tú no. Tú solo la estás mejorando, como siempre has hecho –dijo acariciándole el rostro–. Todo ha cambiado. Si fuéramos solo tú y yo… Pero vas a tener un bebé y tengo que pensar en él. No puedo vivir con el temor de que Helen, o incluso Neil, aparezcan cada vez que quieran armar follón. Voy a vender la compañía, pero llevará unos meses. Podrás disfrutar de los beneficios laborales al menos hasta que nazca el niño. Nada tiene que cambiar ahora, Serena. Puedes quedarte conmigo.

Ella sacudió la cabeza. Las lágrimas seguían rodando por su rostro.

–No puedo, lo entiendes, ¿verdad? No quiero ser tu secretaria a la vez que tu amante de fin de semana. No puedo vivir así y no quiero criar a mi hijo entre dos tierras. No pertenezco a tu mundo y tú no encajas en el mío. No creo que esto pueda funcionar.

–Claro que sí –insistió él.

–Además, te educaron para dirigir esta compañía. No puedo pedirte que renuncies a eso.

–No hagas esto –dijo sintiendo miedo–. Cuidaré de ti, te lo prometo.

Helen lo había dejado, pero en el fondo, bajo todo aquel drama, se había sentido aliviado de que se marchara. Había supuesto dejar de pelear y de sufrir.

Sin embargo, no soportaría dejar de ver a Serena.

Apenas le había afectado la pérdida de Helen, pero la de Serena… Sería devastador.

–No sé vivir sin ti. No me dejes.

Ella se inclinó hacia delante y le dio un beso con los labios húmedos en la mejilla.

–Por supuesto que puedes, y lo harás. Tengo que arreglármelas sola. Es la única manera –dijo poniéndose de pie–. Renuncio a mi puesto de secretaria de dirección con efecto inmediato.

Entonces le dirigió una última mirada que le encogió el corazón, se dio media vuelta y salió por la puerta.

Él la observó marcharse. Se le acababa de romper el corazón.

Capítulo Trece

La puerta de Lou´s Diner rechinó cuando Serena la abrió. Las cosas se habían complicado tanto que no había tenido tiempo de contarles a sus padres que estaba embarazada ni que había dejado el trabajo porque se había enamorado de su jefe.

Sus padres tenían un número de teléfono fijo antiguo sin buzón de voz ni contestador automático, por lo que la probabilidad de que la línea estuviera fuera de servicio era alta. La única manera segura de hablar con ellos era ir a ver a su madre al trabajo.

Llevaba varias tardes postergándolo. Siempre la había incomodado ver a sus padres. Había intentado ayudarlos a lo largo de los años consiguiéndoles un apartamento o haciéndose cargo de los pagos del coche de su padre, pero había tenido una desastrosa experiencia con unos teléfonos de prepago. Al final, nunca habían sido capaces de hacer frente a los pagos, por mucho que Serena hiciera por ellos. Estaba convencida de que tenía que ver con una cuestión de orgullo, porque no querían depender de su hija. Aquello enfadaba a Serena. ¿Por qué no trabajaban un poco más para mejorar su situación?

¿Por qué no se habían esforzado más por ella?

Por supuesto que quería a sus padres y siempre se alegraban de verla. Pero ella quería algo mejor que pasar toda su vida cobrando un salario ínfimo y sirviendo café hasta el día de su muerte, porque la jubilación era para los ricos.

Aun así, le resultaba grato volver a Lou´s Diner. Sheila Chase llevaba treinta años trabajando allí, haciendo todos los turnos posibles. Lou había muerto y la cafetería había cambiado de dueño varias veces, pero su madre había seguido allí probablemente porque no sabía hacer otra cosa.

Habían pasado nueve días desde que saliera del despacho de Chadwick, nueve largos días en los que había intentado mantenerse ocupada planeando su nueva vida.

Había avisado a su casero de que se marchaba. En quince días iba a mudarse a una nueva casa en Aurora, a unos ochenta kilómetros de la fábrica. Era un apartamento de dos dormitorios muy parecido al actual, pero en el que los recuerdos de Neil no la rodearan. O los de Chadwick. La renta era casi el doble de la actual, pero si compraba de segunda mano las cosas para el bebé y seguía guardando cupones, tenía para vivir un año, tal vez más.

Había solicitado diez empleos, desde agente en una compañía de seguros a secretaria administrativa en un hospital, pasando por cosas por el estilo. Incluso había mandado su currículum al banco de alimentos. Sabía que a la directora le había caído bien y que el banco había recibido una buena inyección de dinero con Beaumont. Podrían pagarle un sueldo modesto, aunque no incluiría un seguro médico. Pero podría arreglárselas con un plan de seguro federal. Con eso se las arreglaría.

Todavía no la habían llamado para ninguna entrevista, aunque aún era pronto. Al menos, era eso lo que no dejaba de repetirse. No quería sentirse presa del pánico.

Flo, otra de las camareras de toda la vida, se acercó.

–Serena, cariño, tienes buen aspecto –dijo con su voz grave mientras le servía una taza de café–. Sheila se está ocupando de una mesa grande. Enseguida vendrá.

El simple hecho de estar en aquel lugar que había ayudado a su familia a mantenerse a flote, hacía que le costara respirar. Aun así, había algo que le resultaba reconfortante. Algunas cosas nunca cambiaban.

–Gracias –contestó sonriendo a Flo–. ¿Qué tal están tus nietos?

–Oh, son adorables. Mi hija consiguió un buen trabajo en Super Mart reponiendo estanterías, así que cuido de los niños cuando salgo del trabajo. Duermen como angelitos.

Flo continuó su ronda sirviendo cafés. ¿Un buen trabajo reponer estanterías? ¿Y que su madre le cuidara los niños mientras ella trabajaba en el turno de noche?

Sí, era preferible tener un empleo a no tenerlo, pero aquello…

Pensaba que nunca podría formar parte del mundo de Chadwick, ni él del suyo porque eran muy diferentes. Pero sentada allí, viendo a su madre llevar una gran bandeja de comida para diez personas, Serena fue consciente de lo mucho que había cambiado su mundo. Quizá en su época de universitaria, una noche reponiendo estanterías en un supermercado habría sido un buen trabajo con el que pagar la renta y la comida. Aquello era todo lo que había necesitado entonces.

Pero ahora necesitaba más. No, no necesitaba los vestidos de cinco mil dólares que no había sido capaz de devolver a la tienda. Pero después de haber llevado una vida diferente durante tanto tiempo sabía que no podía volver a uno de aquellos empleos de baja categoría.

Una imagen de Chadwick se le vino a la cabeza. No era del Chadwick que veía cada día sentado detrás de su escritorio, con la vista pegada a la pantalla, sino del Chadwick parado delante de ella en una sala desierta. Había intentado tanto como ella que las cosas funcionaran entre ellos, por muy diferentes que fueran. Era un hombre al límite de la cordura, asustado por lo que ocurriría si la perdía. En aquel momento, Chadwick no había sido un simple jefe guapo o considerado, sino un hombre al que entendía en su nivel más elemental.

Un hombre que la entendía a ella.

Pero en aquel momento, Helen Beaumont había entrado, recordándole a Serena lo distintos que eran su mundo y el de Chadwick.

En el fondo, Serena se había dado cuenta de que no podría seguir con Chadwick si continuaba trabajando para él. Ella no era de tener aventuras con su jefe.

Pero cuando había escuchado cómo había dejado de lado a su esposa por la compañía… Había sido como una puñalada. En los últimos siete años, había pasado más tiempo con ella por ser su empleada que con su esposa. ¿Y si la única razón para que estuvieran juntos era que estaba disponible? ¿Acaso no había estado ella con Neil por la misma razón, porque apenas oponía resistencia?

No, ella no quería la opción por defecto. La estabilidad no era el mejor camino. Eso era lo que había atado a su madre a aquella cafetería durante toda su vida: era un trabajo estable.

Si lo que había entre Chadwick y ella era más que una aventura, soportaría no ser su secretaria. Excepto por una cuestión: no la había llamado. Ni siquiera le había mandado un mensaje de texto. Tampoco lo esperaba, aunque tenía que reconocer que se sentía decepcionada. O más bien, asolada. Le había dicho aquellas cosas bonitas sobre cómo iba a cambiar, cómo gracias a ella era mejor persona, todo aquello que tanto había deseado escuchar. Pero las acciones valían más que las palabras, y lo único que había hecho había sido dejarla marchar.

Quizá estuviera enamorada de Chadwick. Las probabilidades eran altas, pero no podía estar segura mientras continuara trabajando para él. Más que nada, no quería que sintiera que tenía la sartén por el mango de la relación. No quería sentir que le debía nada ni que controlaba su situación económica.

Por eso era por lo que, por doloroso que fuera, no había aceptado su promesa de cuidarla. A pesar de que deseara más que nada que el hombre que amaba estuviera a su lado y no temer volver a caer en la pobreza, no podía contar con ello.

Quería controlar su vida y su destino. Tenía que asegurarse su futuro ella sola.

Serena Chase no dependía de nadie.

Con la cabeza dándole vueltas, Serena parpadeó para contener las lágrimas al ver a su madre acercarse a su mesa.

–Hola, cariño. Pero ¿qué te pasa?

Serena hizo un esfuerzo por sonreír. Su madre podía ser muchas cosas, pero siempre había sido capaz de ver su estado emocional.

–Hola, mamá. Hace tiempo que no hablaba contigo y he decidido venir a verte.

–Ahora mismo estoy ocupada. ¿Puedes quedarte hasta que esto se despeje un poco? Ya sé, le pediré a Willy que te prepare pollo frito, puré de patatas y batido de chocolate.

Su madre no cocinaba, pero podía pedir lo que quisiera.

–Estupendo –contestó Serena–. ¿Va a venir papá a recogerte luego?

Aquella solía ser su rutina. Eso, si todavía seguía teniendo un coche que funcionara.

–Por supuesto. Le han ascendido en el trabajo. Ahora es el encargado de los conserjes. Pero no vendrá hasta dentro de unas horas. ¿Puedes esperar mientras tanto?

–Claro que sí.

Serena se acomodó en su asiento, dispuesta a disfrutar de la extraña sensación de que su madre la mimara. Sacó el teléfono y comprobó su correo electrónico. Tenía un mensaje de Miriam Young:

Señorita Chase, siento que ya no esté en la cervecera

172

Beaumont. Estaré encantada de concertar una visita.
El banco de alimentos de las Montañas Rocosas tendrá
suerte de contar entre su personal con alguien con sus
habilidades. Llámeme en cuanto pueda.

Serena sintió que se le relajaban los hombros.
Tendría otro trabajo y podría continuar con su estabilidad.

Su madre le llevó un plato con pollo y patatas.

–¿Todo bien, cariño?

–Creo que sí, mamá.

Serena comió lentamente. Al fin y al cabo, no
tenía prisa. Si pudiera empalmar un trabajo con
otro, eso sería ideal.

Sí, estaría bien. Ella y el bebé estarían bien. Al
día siguiente tenía su primera cita con el médico y
quizá pudiera oírle el corazón.

Era la cita a la que Chadwick se había ofrecido
para acompañarla.

Sabía que se las arreglaría sola. En apenas dos
semanas, había dejado de echar de menos a Neil,
Había sido un alivio dejar de escuchar sus comentarios y de limpiar sus porquerías.

Aunque solo había tenido una noche a Chadwick en su cama, esa noche lo había cambiado
todo. Había sido apasionado y cariñoso. Le había hecho recordar cosas que había olvidado que
necesitara sentir. En sus brazos, se había sentido
atractiva y deseada, algo que hacía mucho tiempo
que no había sentido.

Después de conocer ese tipo de pasión, ¿podría
vivir sin ella?

Mientras comía, analizó la situación en la que

se encontraba. Si conseguía ese empleo en el banco de alimentos, podría comenzar una relación con Chadwick en igualdad de condiciones. Bueno, él seguiría siendo uno de los hombres más ricos del estado.

Por fin, apareció Joe Chase por la puerta.

–¡Pero mira quién está aquí! ¡Mi niña! –exclamó orgulloso al agacharse para besarla en la frente.

Su madre le llevó un café y se sentó a su lado.

–Hola, cariño –dijo saludando a su esposa, antes de besarla.

Serena se quedó mirando la mesa. Sus padres nunca habían tenido dinero, ni seguridad económica, pero siempre se habían tenido el uno al otro, para lo bueno y para lo malo. En cierta manera, sentía envidia especialmente después de haberlo vislumbrado con Chadwick.

Serena volvió a fijarse en sus padres. Su padre llevaba un mono sucio y su madre parecía cansada, pero viéndolos allí sentados, apoyados el uno en el otro, era como si todo fuera perfecto.

–Bueno –dijo su padre–, ¿qué tal el trabajo?

Serena tragó saliva. Hacía tanto tiempo que tenía el mismo empleo y el mismo apartamento, que no sabía cómo se tomarían sus padres aquello. Así que sin más preámbulos, pasó a explicarles que había decidido cambiar de trabajo y de casa.

–Quizá la compañía se venda –concluyó ante la mirada sorprendida de sus padres–. Prefiero irme ahora que puedo.

Sus padres intercambiaron una mirada.

–Esto no tiene que ver con ese jefe tuyo, ¿no?

–preguntó su padre echándose hacia delante–. No ha hecho nada que no debiera, ¿verdad?

–No, papá.

No debió de sonar demasiado convincente, porque sus padres volvieron a mirarse.

–Ahora no trabajo los fines de semana. Puedo llamar a unos amigos y ayudarte con la mudanza.

–Eso sería estupendo. Yo me ocuparé de pedir unas pizzas y unas cervezas.

–No, tengo un par de dólares en el cajón. Yo llevaré la cerveza.

–Papá…

Pero sabía muy bien que hablaba en serio. Probablemente, esos eran todos sus ahorros.

–Pero, cariño, no entiendo nada. Pensé que estabas a gusto en tu trabajo y en tu apartamento. ¿A qué viene ese cambio?

Resultaba difícil mirarlos a la cara y decirlo en voz alta, así que bajó la vista a la mesa.

–Estoy embarazada de tres meses.

Su madre contuvo una exclamación.

–¿Que qué? –preguntó su padre.

–¿Quién…? –comenzó su madre, pero su padre la interrumpió.

–¿Tu jefe? Si te ha hecho esto, Serena, pagará por ello.

–No, no, Neil es el padre. Chadwick no tiene nada que ver en esto. Ya he hablado con Neil. No tiene ningún interés en ejercer como padre, así que voy a criar a mi hijo yo sola.

Se quedaron allí sentados, estupefactos.

–¿Estás segura? –le preguntó su padre.

–La ayudaremos –dijo su madre dirigiéndose a

su marido–. Piénsalo, Joe, un bebé. ¡Flo! –exclamó llamando a su compañera al otro lado del restaurante–. ¡Voy a ser abuela!

Después, el momento se convirtió en una gran fiesta. Flo se acercó, seguida de Willy el cocinero y los demás camareros. Su padre insistió en invitar a todos los comensales a helado.

Serena se sintió mejor. Aunque no habían podido darle cosas materiales, siempre le habían dado amor en abundancia.

Llegó a su apartamento pasadas las nueve. Había cajas dispersas por todo el salón.

Serena se quedó en medio de aquel desorden, conteniendo las lágrimas. La charla con sus padres había ido bien. Su padre se ocuparía de hacerle la mudanza en una sola tarde. Su madre, ya hablaba de canastillas. Serena no sabía muy bien en qué consistía eso de la canastilla, pero Sheila Chase iba a conseguirle una. Había hecho prometer a su madre que no pediría un adelanto de su sueldo para hacerlo.

Lo cierto era que no recordaba haber visto a sus padres tan contentos.

El día la había dejado agotada. Incapaz de soportar todo aquel desorden, se fue al dormitorio. Pero fue un error.

Allí, colgados de la puerta del armario, estaban los vestidos. No podía mirar aquellas lujosas prendas que Chadwick le había regalado sin recordar cómo la había hecho echarse sobre la cómoda y cómo la había abrazado durante toda la noche. Le había prometido acompañarla al médico al día siguiente y no fallarle.

Iba a incumplir su promesa y, eso, le rompería el corazón.

Capítulo Catorce

Serena se levantó y se depiló las piernas para su cita con el médico. Luego, se recogió el pelo y se puso una falda y una blusa. Aquel atuendo formal le resultaba, de alguna manera, reconfortante. No tenía sentido, aunque últimamente, nada lo tenía.

Como por ejemplo que, a pesar de que no tenía que salir de casa hasta las diez y media, a las ocho ya estaba vestida.

Estaba absorta mirando la taza de café, dándole vueltas a la cabeza, cuando alguien llamó a la puerta.

¿Neil? No, era imposible que hubiera vuelto. La última vez le había dejado bien claro que no quería volver a verlo.

Quizá fuera su madre, para darle de nuevo la enhorabuena antes de ir a trabajar. Pero después de que volvieran a aporrear la puerta, estaba bastante segura de que no sería su madre.

Corrió a la puerta y miró por la mirilla. Allí estaba Chadwick Beaumont.

–Serena, necesito hablar contigo –dijo dirigiéndose a la mirilla.

Qué mala suerte. La había sentido y ya no podía fingir que no estaba en casa.

–¿Hoy es tu cita, verdad?

No se había olvidado. Suspiró y abrió la puerta.

Chadwick llevaba una camisa con el primer botón desabrochado y unos pantalones, pero ni chaqueta ni corbata. Le sentaba bien aquel aspecto informal, aunque quizá tuviera algo que ver también la sonrisa de sus labios.

—No pensé que no fueras a venir.

Se quedó mirándolo confundida.

—Te dije que lo haría —dijo, y la miró de arriba abajo—. ¿Has tenido alguna entrevista de trabajo?

—Eh, sí, bueno, necesito un empleo —respondió nerviosa—. Pensaba pedirte una carta de recomendación.

La sonrisa de Chadwick se ensanchó. Era como si todas sus preocupaciones hubieran desaparecido.

—Debería haber imaginado que no te tomarías una temporada de descanso. Cancela todas las entrevistas. Te he encontrado un trabajo.

—¿Cómo?

—¿Puedo pasar?

Se quedó mirándolo fijamente. ¿Le había encontrado un trabajo? ¿Qué estaba pasando?

—Hace diez días que no sé nada de ti. Pensaba que...

Él dio un paso al frente, tomó su rostro entre las manos y se quedó acariciándole las mejillas. Ella se estremeció al sentir su roce.

—He estado ocupado.

—Sí, claro, tienes un negocio que sacar adelante.

Ese era el motivo por el que Serena se había marchado. Necesitaba comprobar que sentía algo por ella aunque no la viera en la oficina cada día.

—Serena. Déjame pasar para que te explique.

–Entiendo, Chadwick, de veras –dijo respirando hondo–. Gracias por acordarte de la cita, pero quizá sea mejor que vaya sola.

Él la miró arqueando una ceja.

–Diez minutos, eso es todo lo que pido. Si después sigues pensando que necesitamos pasar más tiempo separados, me iré. Pero no voy a dejarte, no quiero que se acabe lo que tenemos.

Volvió a acariciarle la barbilla.

El deseo de besarlo y arrojarse en sus brazos era irresistible.

–¿Qué es lo que tenemos?

Serena sintió que las rodillas se le doblaban al ver la sonrisa que le dedicó. Luego, se acercó hasta rozar la mejilla con la suya.

–Todo –le susurró al oído.

La tomó por la cintura, la estrechó contra su pecho y la besó en el cuello.

Cuánto deseaba aquello. ¿Cómo había creído posible alejarse de él y de todo lo que le hacía sentir?

–Diez minutos –murmuró.

Se las arregló para apartarse de él para dejarle pasar.

Chadwick entró en el apartamento y miró a su alrededor.

–¿Vas a mudarte?

–Sí. Aquí es donde he vivido con Neil. Necesito empezar de cero.

Se quedó a la espera de que dijera algo. Sin embargo, vio una expresión en sus ojos que no supo interpretar. Parecía estarse divirtiendo, lo que le extrañó, porque no solía hacer bromas.

Al verlo en medio del salón, reparó en que tenía una tableta en la mano.

–Se me ha ocurrido un plan –dijo, y tocó la pantalla–. Pero Helen me está presionando, así que en vez de tomarme un par de meses para darle forma, llevo diez días trabajando a contrarreloj.

Si pretendía convencerla de que encontraría la manera de verla al margen del trabajo, no lo estaba haciendo demasiado bien.

Por fin debió de dar con lo que estaba buscando, porque una sonrisa asomó a sus labios y le ofreció la tableta.

–No es definitivo hasta que el consejo de administración lo acepte y los abogados acaben de redactar el documento, pero he vendido la compañía.

–¿Qué has hecho qué?

Tomó la tableta y leyó el documento.

Bajo el membrete de la firma de abogados que trabajaba para la cervecera podía leerse:

Carta de intenciones:

AllBev se compromete a pagar sesenta y dos dólares por cada acción de la compañía cervecera Beaumont y todas las marcas a ella vinculadas, a excepción de Cervezas Percheron. Chadwick Beaumont se reserva el derecho a mantener el nombre de Cervezas Percheron y todas las fórmulas…

A continuación, el documento se enredaba con jerga legal más compleja. Serena se quedó releyendo las primeras líneas.

181

–Espera. ¿Qué acabo de leer? ¿Vas a quedarte con la línea Percheron?

–Se me ocurrió una locura –dijo volviendo a tomar la tableta–. Después de que alguien me sugiriera que hiciera lo que quisiera, algo para mí y para nadie más, recordé lo mucho que siempre me ha gustado elaborar la cerveza. Se me ocurrió que podía quedarme con la línea de cervezas Percheron y establecer un negocio por mi cuenta, pero no con el nombre de Beaumont. Mira –añadió, entregándole de nuevo la tableta.

Serena tenía delante otra carta legal, esta vez de un abogado de familia.

En relación al procedimiento instado por la señora Helen Beaumont, en adelante la demandante, la misma acepta la oferta del señor Chadwick Beaumont, en adelante el demandado, de cien millones de dólares en concepto de pensión. En un plazo no superior a seis meses desde la fecha de este escrito, el demandado pondrá a disposición dicha cantidad…

Serena parpadeó. La cabeza le daba vueltas.

–No entiendo.

–He vendido la cervecera y voy a usar el dinero para hacerle una oferta a mi exesposa que no pueda rechazar. Voy a quedarme con las cervezas Percheron y voy a montar un negocio por mi cuenta –explicó, y le quitó la tableta de las manos antes de dejarla sobre una caja–. Así de simple.

–¿Simple?

Tuvo las agallas de asentir como si la venta multimillonaria de una compañía internacional fuera una cosa baladí. Lo mismo que pagarle a su exesposa cien millones de dólares.

–Serena, respira hondo –dijo, y la envolvió en sus brazos.

–¿Qué has hecho? –preguntó Serena, incapaz de levantar la cabeza de su amplio y fuerte pecho.

Era todo lo que quería, lo que siempre había querido.

–He hecho algo que debería de haber hecho hace años, dejar de trabajar en Beaumont –dijo, echándola hacia atrás para darle un beso en la frente–. Por fin me he librado de él, Serena. Ya no tengo que vivir mi vida conforme a sus expectativas ni tomar decisiones completamente opuestas a lo que él hubiera hecho. Puedo hacer lo que quiera, y lo que quiero es elaborar cerveza durante el día y volver a casa junto a la mujer que me incita a ser mejor hombre y que va a ser una madre estupenda. Una mujer que me ama no porque sea un Beaumont, sino por todo lo contrario.

Serena lo miró, dejando que las lágrimas rodaran libremente por sus mejillas.

–¿Te has dedicado a esto los últimos diez días?

Él sonrió y le secó una lágrima.

–Si hubiera podido cerrar la compra, lo habría hecho. Todavía tardaremos unos meses en dejar todo zanjado, pero creo que Harper estará encantado con conseguir su dinero y vengarse de Hardwick. No creo que quiera alargar mucho más el proceso.

–¿Y Helen y el divorcio?

–Mis abogados están intentando conseguir una vista en el juzgado para la próxima semana –dijo, y le dirigió una mirada traviesa–. Ya les he dejado bien claro que no puedo esperar más.

–Has dicho que me has encontrado un trabajo.

Chadwick la estrechó por la cintura, aferrándose a ella como si no fuera a soltarla nunca.

–Bueno, voy a montar una empresa nueva. Voy a necesitar que alguien trabaje conmigo y que pueda ocuparse de buscar oficina, contratar personal… Vamos, necesito un socio que se ocupe de llevar los asuntos mientras yo elaboro la cerveza. Alguien que conozca mi forma de trabajar y que esté dispuesto a darlo todo, que sepa elegir un buen seguro médico, organizar una fiesta y que sepa leer balances –añadió, y empezó a acariciarle la espalda–. El caso es que conozco a la mujer perfecta. Tiene muy buenas referencias.

–Pero no puedo estar contigo mientras trabajemos juntos. Va en contra de las normas de la compañía.

Al oír aquello, Chadwick rio.

–En primer lugar, compañía nueva, reglas nuevas. En segundo lugar, no te estoy contratando para que seas mi suplente, sino mi socia –dijo y carraspeó antes de continuar–. Te estoy pidiendo que te cases conmigo.

–¿Qué?

–Así es –respondió, poniéndose de rodillas–. Serena Chase, ¿quieres casarte conmigo?

–El bebé…

Serena se llevó la mano al vientre.

Él se echó hacia delante y le besó el ombligo.

–Quiero adoptar este bebé en cuanto tu antiguo novio renuncie a sus derechos.

–¿Y si no lo hace?

Sabía que había pocas probabilidades de que lo hiciera. Neil no había mostrado ningún interés en convertirse en padre, pero no iba a lanzarse en brazos de Chadwick y creer que el amor resolvería todos los problemas del mundo.

Aunque en aquel momento creyera que era posible.

Chadwick alzó la vista para mirarla.

–No te preocupes, puedo ser muy persuasivo. Cásate conmigo, Serena, formemos una familia.

¿Podrían ser socios y a la vez familia? ¿Sería capaz de trabajar con él y no para él? ¿Podía confiar en que la amaría más a ella que a su negocio?

Chadwick debió de advertir su temor.

–Me dijiste que me dedicara a lo que me hiciera feliz –dijo poniéndose de pie y abrazándola de nuevo–. Tú eres lo que me hace feliz, Serena.

–Pero, ¿dónde viviremos? No quiero vivir en una gran mansión.

La mansión de los Beaumont tenía demasiado fantasmas del pasado y del presente.

Chadwick sonrió.

–Donde quieras.

–Acabo de firmar el contrato de alquiler de un apartamento en Aurora.

–Podemos vivir donde quieras o anular el contrato. Me queda lo suficiente para no tener que preocuparme del dinero en una larga temporada. Prometo no volver a comprarte vestidos ni joyas, a excepción de esta.

Se metió la mano en el bolsillo y sacó un pequeño estuche azul del tamaño de un anillo.

–¿Quieres casarte conmigo, Serena? –preguntó al abrirlo–. Me harías el hombre más feliz de la tierra. Te prometo que no te fallaré. Eres la persona más importante de mi vida y siempre serás lo primero.

Serena se quedó mirando la sortija. Era un solitario de diamantes, pero no resultaba ostentoso. Era perfecto.

–Bueno –dijo tomando el estuche de sus manos–, quizá algún vestido de vez en cuando…

Chadwick rio y la envolvió entre sus brazos.

–¿Es eso un sí?

Aquel hombre representaba todo lo que siempre había deseado: pasión, amor y estabilidad. Nunca le fallaría.

–Sí.

Entonces la besó. Fue un beso largo y apasionado que le hizo recordar el que se habían dado cierta noche delante de un espejo.

–Todo es perfecto.

Y así era.

No te pierdas, *Senderos de pasión*,
de Sarah M. Anderson
el próximo libro de la serie
Los herederos Beaumont
Aquí tienes un adelanto…

Jo se bajó de la camioneta y se estiró. Había sido un largo viaje desde Kentucky a Denver.

Pero por fin había llegado al rancho Beaumont.

Había sido un gran logro conseguir aquel trabajo, un voto de confianza que venía con el sello del apellido de los Beaumont.

Aquello no solo conllevaba un buen sueldo con el que dar el anticipo para comprarse su propio rancho, también era la prueba de que era una adiestradora de caballos respetada y que sus métodos funcionaban.

Un hombre de piernas arqueadas salió de los establos, sacudiéndose los guantes contra la pierna mientras caminaba. Debía de rondar los cincuenta años y su rostro, surcado de arrugas, evidenciaba que había pasado la mayor parte de su vida al aire libre.

Aquel no era Phillip Beaumont, la cara bonita de la cervecera Beaumont y propietario de aquella granja. Sintió cierta decepción, aunque no había motivos para estarlo.

Era preferible. Un hombre tan atractivo como Phillip podía resultar… tentador. Y no podía dejarse tentar. Los domadores de caballos profesionales no iban por ahí haciendo carantoñas a la gente que pagaba sus facturas, en especial si esa gente era conocida por sus fiestas. Jo ya no salía de fiesta. Había ido allí a hacer un trabajo, y eso era todo.

–¿Señor Telwep?

–Ese soy yo –contestó el hombre, asintiendo con cortesía–. ¿Eres la mujer que susurra a los caballos?

–Entrenadora –replicó Jo sin poder evitarlo–. Los entreno.

Odiaba que la llamaran así. El título de aquel libro había causado mucho daño.

Richard enarcó sus densas cejas al oír su tono y ella torció el gesto. Vaya primera impresión. Pero estaba tan acostumbrada a defender su reputación que la reacción fue automática. Así que sonrió y lo intentó de nuevo.

–Soy Jo Spears.

Por suerte, aquel hombre no pareció advertir su falta de tacto.

–Señorita Spears, llámeme Richard –dijo.

Se acercó y le estrechó la mano con firmeza.

–Y a mí, Jo.

Le gustaban los hombres que, como Richard, habían pasado su vida cuidando animales. Mientras él y sus hombres la trataran como a una profesional, todo iría bien.

–¿Qué tiene para mí?

–Es un… Bueno, será mejor que lo vea.

–¿No es un percherón?

La cervecera Beaumont era conocida internacionalmente por los percherones que tiraban de sus carretas en los anuncios.

–Esta vez no. Es una raza aún más rara.

¿Más rara? Los caballos percherones no eran una raza rara, tan solo escasa en los Estados Unidos. Esos robustos caballos ya no se empleaban para arar.

Serás mi esposa

Esther Abbott se había marchado de casa y estaba recorriendo Europa con una mochila a cuestas cuando una mujer le pidió que aceptase gestar a su hijo. Desesperada por conseguir dinero, Esther aceptó, pero después del procedimiento la mujer se echó atrás, dejándola embarazada y sola, sin nadie a quien pedir ayuda... salvo el padre del bebé. Descubrir que iba a tener un hijo con una mujer a la que no conocía era un escándalo que el multimillonario Renzo Valenti no podía permitirse. Después de su reciente y amargo divorcio, y con una impecable reputación que mantener, Renzo no tendrá más alternativa que reclamar a ese hijo... y a Esther como su esposa.

SEDUCIDA POR EL ITALIANO

MAISEY YATES

Acepte 2 de nuestras mejores novelas de amor GRATIS

¡Y reciba un regalo sorpresa!

Oferta especial de tiempo limitado

Rellene el cupón y envíelo a

Harlequin Reader Service®
3010 Walden Ave.
P.O. Box 1867
Buffalo, N.Y. 14240-1867

¡Sí! Por favor, envíenme 2 novelas de amor de Harlequin (1 Bianca® y 1 Deseo®) gratis, más el regalo sorpresa. Luego remítanme 4 novelas nuevas todos los meses, las cuales recibiré mucho antes de que aparezcan en librerías, y factúrenme al bajo precio de $3,24 cada una, más $0,25 por envío e impuesto de ventas, si corresponde*. Este es el precio total, y es un ahorro de casi el 20% sobre el precio de portada. !Una oferta excelente! Entiendo que el hecho de aceptar estos libros y el regalo no me obliga en forma alguna a la compra de libros adicionales. Y también que puedo devolver cualquier envío y cancelar en cualquier momento. Aún si decido no comprar ningún otro libro de Harlequin, los 2 libros gratis y el regalo sorpresa son míos para siempre.

416 LBN DU7N

Nombre y apellido	(Por favor, letra de molde)

Dirección	Apartamento No.

Ciudad	Estado	Zona postal

Aquella aventura llevó a… un futuro inesperado

Imogen Holgate había perdido a su madre y estaba convencida de estar viviendo un tiempo prestado, ya que padecía su misma enfermedad.

Fue por eso por lo que decidió olvidarse de la cautela que siempre la había caracterizado e invertir sus ahorros en uno de aquellos viajes por medio mundo que se hacen solo una vez en la vida. Fue en ese periplo cuando conoció al parisino Thierry Girard.

Pero dos semanas de pasión tuvieron consecuencias permanentes…

Y teniendo a alguien más en quien pensar aparte de en sí misma, se aventuró a pedirle ayuda a Thierry. Lo que nunca se habría imaginado era que él iba a acabar poniéndole una alianza en el dedo.

EL FUTURO EN UNA PROMESA

ANNIE WEST

Cuando el amor no es un juego
Maureen Child

Cuando Jenny Marshall conoció
a Mike Ryan supuso que había
encontrado al hombre de su vida,
pero cuando él se enteró de que
era la sobrina de su competidor
pensó que le estaba espiando.
Jenny supuso que todo había
terminado con Mike, hasta que
consiguió un nuevo trabajo… ¡Y
su jefe era él!
Su empleada era una tentación
a la que Mike no podía resistirse,
aunque seguía sin poder confiar
en ella. Y ahora estaba esperando un hijo suyo. ¿Tramaba Jenny
el más elaborado de los planes o
de verdad era hijo suyo?

Podía tenerlo todo si conseguía abrir
su protegido corazón